朝日新書
Asahi Shinsho 410

天職

秋元　康
鈴木おさむ

朝日新聞出版

まえがき

ある国民的アイドルグループのリーダーは言った。「〝努力は必ず報われる〟と、私は人生をもって証明します」。彼女は歌手になりたいという夢のために、大所帯となったアイドルグループを率いながら、あらゆる努力を続けている。多くの大人たちは思うに違いない。「彼女の努力がかなえばいいけど……」。世の中は不公平なんだ。必ずしも、努力した人が成功するわけではない。中には、何の努力もしないまま、偶然見つけた成功の階段を上って行くラッキーな人もいる。僕は、高校二年の頃からテレビやラジオの台本を書いていたので、スポットライトを浴びる人たちの浮き沈みをずっと見てきた。

運命は自分の力でどうなるものでもない。長い人生、いいこともあれば、悪いこともあるのはしょうがないだろう。どんなに頭《こうべ》を垂れても、まわりに気を遣っても、さらに精進すべく努力を怠らなくても、ダメになるときはダメになる。バブルが崩壊し、親しい人がどんどん消えてしまい、人生の儚《はかな》さみたいなものを感じてた頃、気づいたことがある。

「人間の幸せは何で決まるか?」

――――「今が楽しいと思えるか?」。それしかない。富や地位や名誉なんて何の意味もない。富や地位や名誉を手に入れるために、あるいは、守るために、〝嫌なこと〟をしなければいけないのだったら、それは不幸なことだ。

鈴木おさむとテレビ局ですれ違ったり、雑誌の対談で話したり、シンポジウムで一緒になったりしている度に、おさむはいつも楽しそうだなぁと思った。なぜ、こんなに生き生きとしているのだろう?

ひょんなことから、鈴木おさむと本を作ることになり、いろいろ話し込んだ。少年時代のこと、コンプレックス、自分を襲った悲劇、家族のこと、才能について、運命とは……。編集者やライターのことを忘れるくらい、僕は質問をしたし、おさむも質問した。そして、いくつもの共通項を見つけたあとで、この本のテーマが決まった。

「天職とは何か?」

おさむがいつも楽しそうな理由、あるいは、僕が「まわりから、仕事し過ぎじゃあないですか?」と言われてもピンと来ない理由は、「仕事が楽しいから」なのだ。つまり、僕たちは天職に就いているのだ。

そう言うと、「いいですねぇ。天職が見つかって……」と羨ましがる人がいるが、それは違う。天職を見つけようと探しまわったわけじゃない。僕は小学校の頃は、官僚になりたかった。さしたる意味はなかったのだが、日本を動かすエンジンのようなイメージがあったのだ。ところが、東大を目指すつもりでいたのに、あっけなく、中学受験で失敗した。それから、アルバイトのつもりで始めた放送作家や作詞家が、いつのまにか本業になっていた。

努力し続けてやっとたどり着いたのが今の職業というわけではないのだ。大学附属高校から大学に進み、運よく放送作家として作詞家というアルバイトにありついたが、これが一生の仕事になるとは思ってもみなかった。どこかで足を洗って、大学に戻ろうと真剣に考えていたのだ。

一九八八年、美空ひばりさんの「川の流れのように」の歌詞を書いた三〇歳のときに初めて、僕にプロ意識が芽生えたような気がする。

あれから、いろいろなことがあったが、結局、僕は他の職業を選ぶことはなかった。おさむも、ずっと、同じ仕事を続けている。

だから、今、改めて「天職だ」と僕たちは思ったのだ。


読者のみなさんは、今、〝天職〟に就いていますか?

「いや、〝天職〟とは言えない」と思う人もいるでしょう?

でも、辞めないということが、〝天職〟の条件です。

一〇年後、二〇年後、三〇年後……毎日が楽しく過ごせていたとしたら、もしかしたら、その職業が天職なのでは?

作詞家・放送作家　秋元　康

天職　目次

第3章 「汗」をかくしかない 113

第6章 「天職」との出合い方 203

構成　長瀬千雅
写真　東川哲也（朝日新聞出版写真部）

第1章

九八%は「運」で決まる

1

九八％の運と一％の汗、一％の才能

どれが欠けても一〇〇％にはならない

秋元　おさむとはずっと同じ業界（テレビやラジオの放送作家）でやってきたけど、お互い忙しくてゆっくり話すことはなかなかないよね。最近はどんな仕事が印象に残っているの？

鈴木　ドラマの脚本や、自分にとってでかいのは舞台ですね。三〇を過ぎてからは、舞台をたくさんやるようになりました。理由は単純で、三〇代にしか考えられないことを物語にしておこうと思ったんですよ。舞台になるのか、映画になるのか、どうするかはあとから考えよう、まずは脚本というか、本を作ってしまえと。三〇代にしかできないことをいっぱいやりました。秋元さんも、AKB48*1をやりながら、いろんなことをやっていますよね。他にも今やりたいと思っていることってあるんですか?

秋元　僕ら放送作家の仕事って、ある種傭兵《ようへい》みたいなもので、テレビのバラエティー番組だけでなく、いろんなところでアイデアを出すわけだよね。そうするとすごく運に左右されるでしょ。いや、運しかないと思ってる。おさむは、「三〇代にしか書けないものを書いておこう」と、確信的に考えているよね。それがすごいなと思う。僕の中にはそれはないんだよね。

鈴木　そうなんですか。自分の中でやり残していることとかないんですか。

秋元　エジソンは、成功は九九%の汗と一%のひらめきだと言ったらしいけど、**僕は成功は九八%は運で、あとは一%の汗と一%の才能だと思ってる。**汗も才能もなければ一〇〇%にはならないから絶対必要なんだけど、九八%は運。なぜなら、すごく才能があるな、すごく努力しているなっていうタレントやクリエイターをたくさん見ているけど、必ずしも売れないよね。お笑いの世界でもそう。それはなぜかというと、運なんだよね。

鈴木　その運をどうやってつかむんですかってよく聞かれるんですけど。

秋元　それがわからないんだよね。

鈴木　イメージすることは重要ですよね。自分のイメージ通りに、パンと転がってくることとありますもんね。でも結局、その運って、外へ出ないと降ってこない。ブログやツイッターでもいい。僕は取材を受けることも多いから、そういうところで話したことから、不思議とつながることも多いんですよね。たとえば、映画[*2]「ONE《ワン》 PIECE《ピース》 FILM《フィルム》 Z《ゼット》」の脚本を書くことになったのもそんな流れだったんです。どこかでしゃべったことを意外と人は覚えていて、引っ張ってきてくれることがある。秋元さんはいろんな人と会いますよね。それがないと、なかなか運もこないんじゃないですか。

小さな奇跡が三回起きれば恋に落ちる

秋元　でも、基本、僕は人見知りだからね。むしろ、運命的なものを信じている。今の若い女の子たちに言うのは、三回奇跡がなかったら恋愛なんてうまくいかないっていうこと。もう一度別のパーティーで偶然会ったり、共通の友だちがいたり、電話しようと思ったらかかってきたりするみたいな、小さな奇跡でもいいわけ。でも、その偶然がなかったら恋愛にならない。

すべてがそうだと思うから、**仕事でも自分からアプローチはしない。アイデアの種があっても、ことさらプレゼンしない。**何かのタイミングで「なんかないですかね？」と聞かれたら、「こんなのどう？」と言ってみて、向こうが乗ったらやる。昔は猛烈にプレゼンしたこともあるけど、まったく意味がないってことに気づいた。運が導いて連れていってくれるんだよね。だから、膨大な時間を使って設計図を描いたり無理して人に会ったりはしない。だって、うまくいかないから。仕事も恋愛と同じで、お互いの気持ちじゃない？　そんなシチュエーションが必ずくるんだって。おさむの場合は、今はいろんなところからオーダーがくるわけじゃない？

鈴木　はい。ありがたいことに。

秋元　そういう、ある種いただく仕事をやっていると、自分で主体的にこれをやろうというのが、なかなかできないんじゃないの？

鈴木　**やりたいものを優先していると、不思議と自分の好みに合ったものがくる**んですよ。この人と仕事してみたいな、と思うとお話をいただいたり。そういう自然な流れじゃなくて、ちょっと無理してやったものは、やっぱりうまくいかないですね。

秋元　おさむが「ONE PIECE」の映画の脚本を書いたのって、おさむに書いてほしいと思ったプロデューサーがすごいと思うんだよね。僕は放送作家の友だちや知り合いもいっぱいいて、みんなすごいなあと思うんだけど、中でも鈴木おさむ、*3小山薫《こやまくん》堂《どう》、*4高須《たかす》光聖《みつよし》っていう三人が大好きなんだけど、それは放送作家のガツガツ感というか、ヘンないやらしさがないから。初めて鈴木おさむと会ったときも、人気放送作家で売れっ子なのに、なんでこんなにフラットでいられるんだろう、って疑問だった。

僕らはすごく戦いながらきたから、おさむのように穏やかでいられるのが不思議で。だから「ONE PIECEが好き」って発信してもいやらしくない。普通はいやらしく聞こえるんだよ。なんか、かかわりたいの？　って。そうすると、その電波をキャッチした人は、絶対観に行かないんだよ。

鈴木　そうかもしれないですね。そこでいやらしさを感じた人はね。

秋元　それはたぶん生き方の問題で、おさむは、「ONE PIECE」も、すごくマイナーな小劇団の芝居も、同じようにおもしろがるんだよ。だからだよ。

鈴木　そうかもしれないですね。不思議とつながったと言えば、僕が書いた小説『芸人交換日記～イエローハーツの物語～』が「ボクたちの交換日記」として映画化されたんですね。監督は内村光良さんなんですけど、僕、内村さん大好きなんですよ。この業界に入ったきっかけのひとつは内村さんですから。ウッチャンナンチャンさんとダウンタウンさんがやっていた「夢で逢えたら」も見てましたし、「ウッチャンナンチャンのオールナイトニッポン」にハガキを書いたりもしてました。でも、僕は監督には誰がいいとかまったく言わなかったんです。全部任せますって。そしたらプロデューサーから、「内村さん、監督どうですか」って提案があったんです。僕、ちょっとびっくりして、「超いいよ、超いいけど、受けてくれないんじゃないか」って言ってたら、オッケーになったわけです。内村さんとは何回かテレビで仕事をしたことがあったんですけど、大好きで憧れてきた人なのに、作家としてのかかわり方が深くはなくて、ずっと無念でもあったんです。だからいつかきっとまたやりたいと思っていた。でも、別にそんなことをプロデューサーには言ってないわけです。内村さんのことが大好きで、とか何にも言ってないのに、結果内村さんが監督することになった。そういう思いって絶対つながるんだなって思いました。

秋元　それって、おさむに下品さがないからだよ。これは重要だよね。

鈴木　なんか不思議なもので、念じているとつながることって、ありますよね。思っていると。

秋元　そうだよなあ。

＊1　秋元康が総合プロデューサーを務める女性アイドルグループ。二〇〇五年一二月に秋葉原48劇場（当時）で初公演。観客は七人だった。姉妹グループに、SKE48（名古屋・栄）、NMB48（大阪・難波）、HKT48（福岡・博多）、JKT48（インドネシア・ジャカルタ）、SNH48（中国・上海）がある。

＊2　漫画『ONE PIECE』（尾田栄一郎作）を原作としたテレビアニメの劇場版第一二作。二〇一二年一二月公開。公開一カ月で興行収入六〇億円を超えた。

＊3　「料理の鉄人」（フジテレビ、一九九三〜九九年）構成、映画「おくりびと」（二〇〇八年、監督：滝田洋二郎、出演：本木雅弘ほか）脚本など。

＊4　「夢で逢えたら」（フジテレビ、一九八八〜九一年）構成、「ダウンタウンのガキの使いやあらへんで!!」（日本テレビ、八九年〜）構成など。ラジオ番組「放送室」（TOKYO FM、二〇〇一〜〇九年）では松本人志のトークの相手役を務めた。

2

まずは「やりたい!」と口に出す

「人脈の作り方」で人脈は作れない

秋元　人脈の作り方ってよく言われるし、聞かれるけど、人脈の作り方なんかで人脈なんて作れないんだよ。人脈っていうのは、**あとで気づけば人脈になっているだけ**で。パーティーで初めから名刺を配りまくる人もいるけど、人脈を作ろうと思っている人のために人脈になってあげようとは思わないでしょ。**好奇心も、これが何か仕事にな**

るんじゃないか、何かにつながるんじゃないか、と思っていたら、何の意味もない。

それよりも仕事じゃないときにいろんな人と遊んだりしたほうがいい。すべてを仕事につなげようとしている人はダメだと思う。見え見えでこの人に近づきたいと思っても、絶対うまくいかない。

鈴木　それはそうですね。でも、絶対通したい企画のときでも、そうですか？

秋元　タイミングがあるんだよね。たとえばAKB48の海外展開をいろいろな国からオファーを受けたときも僕は、何も動かなかった。本当にやりたいと思ったら、向こうからアプローチしてくるでしょ？　でも、「おもしろいですね」と言われるばかりで、ぜんぜん実らないこともある。その場合、わざわざ電話して「あれどうなりました？」とは聞かない。

鈴木　たしかに、そこに対しての割り切りを持つって大事だなとは思います。若い頃は気づかなかったけれど、一〇のうち八まで進んでいても、切り捨てていくというか。

秋元　「便りがないのは縁がない」なの。プレゼン結果の電話こないな、っていうのは絶対縁がない。どこか別のところで決まったとか、ネガティブなことがあるとか。

忙しくて自分が電話に出られなかったからかなとか思ったりする人もいるけど、本当にやりたかったら、絶対に誰かがつかまえにくるから。どんなに忙しくたってつかまえられるじゃない。それがうまくいくとき。

鈴木　本当にそうですよね。縁って、実際に動くことでできるんですよね。

秋元　思いの強さがあれば何でもできるんだなと思ったことがあって。僕と堤幸彦《つつみゆきひこ》*5と数人で、ニューヨークで暮らしたことがあったわけ。ただ遊んでただけだったんだけど、僕がある日突然、「映画撮ろう」って言ったの。堤ちゃんが「いいですね。どんな映画を作ります?」って言うから、「ホームレスをテーマにした映画はどうかな?」って。

鈴木　ははははは。

秋元　町をぶらぶらしていて、ホームレスがいる町の風景が、なんか引っかかっていたんだよね。僕が脚本を書くからって書いて。主演は誰にしましょうかね、シャーリー・マクレーンじゃないか、とか、いろんな話をしてたときに、僕が、「オノ・ヨーコさんがいいな」って言ったら「いいですね」って。でもぜんぜん何のコネクションもないんだよ。それを、オノ・ヨーコさんの弁護士とか小さな手がかりからどんどんたどって、オノ・ヨーコさんに行き着いて、半年後くらいにダコタハウスで打ち合わせしていた。

鈴木 ほー。

秋元 そうやって作ったのが映画「HOMELESS」*6だったんだよね。あのときのことを思えば、何でも思いがあればつながるんだなと。

格好つけずに口に出して言う

秋元 おさむはいちばん初め、何の番組からテレビに入ったの？

鈴木 最初の仕事は「KATO&KENテレビバスターズ」でした。高視聴率だった「加トちゃんケンちゃんごきげんテレビ」がリニューアルした番組で、でも半年で終わっちゃったんです。安室奈美恵さんがまだスーパーモンキーズのメンバーで、ドッジボールをやったりしてました。TBSの園田（憲、ディレクター）さんと落合（芳行、プロデューサー）さんが当時若手ディレクターで、若手作家会議をやるんですよ。志村けんさんと加藤茶さんに出すコントの案を決める会議。二人の前に出すことができたら、一本二万円もらえたんです。

秋元 ラジオ番組の作家もやっていたんじゃなかったっけ。

鈴木 山田邦子さんの「山田邦子涙の電話リクエスト」をニッポン放送でやっていたのが、一九のときです。同じ頃「槇原敬之《まきはらのりゆき》のオールナイトニッポン」が始まって、だから半年でテレビの仕事が一切なくなっても、ニッポン放送でかわいがってもらっていたんですよね。当時、秋元さんの話、よく聞きました。

秋元 僕も一七のときからニッポン放送で仕事してるからね。

鈴木 ニッポン放送はやたら人づかいは荒いんだけど、人を育てるんですよね（笑）。もう、全部教わりました。文章の「てにをは」から、全部。それにテレビと違って、ネタを書いたら目の前にいるその人を笑わせたいじゃないですか。邦子さんにしても、誰にしても。だからやっぱり、その能力は異常に高まりますよね。

秋元 それから、何をやるわけ？

鈴木　ニッポン放送で二、三年やるうちに、ニッポン放送だけでレギュラーが一一本とかになって。

秋元　そうそう、そうなるよな。

鈴木　その中の一つ、笑福亭鶴光《しょうふくていつるこ》さんの「鶴光の噂のゴールデンアワー」[*7]っていう番組でクイズ作家をやってたんですよ。下ネタばっかり言ってる夕方の番組なんですけど。そのチーフ作家になったんです。二二歳とかで。それがすごく勉強になりました。

　秋元さんは、自分からこれをやりたいとかあまり言わないとおっしゃってましたけど、僕、それじゃダメだなと思ったことがあったんですよ。常盤貴子さんのオールナイトニッポンを単発でやったんですね。当時常盤さんが「悪魔のＫＩＳＳ」[*8]に出たあとで、話題になってこれからっていうときだったんです。僕と同い年の二二歳で、超ドキドキしちゃって（笑）。番組はすごくうまくいったんですよ。

秋元　うん。

鈴木　それで、常盤さんのレギュラー番組を始めるという話になったんです。担当する作家は絶対自分だと思うじゃないですか。そしたら、なかなかこないんですよ、オファーが。あれ、どうしたんだろう？　と思ってたら、僕の三つ上ぐらいの、すごく仕事のできる先輩が僕のところに近づいてきて、「実はこの間お前が常盤さんのオールナイトやったときに俺はやりたかったんだ。だから今度の番組は自分で手を挙げて、俺がやらしてもらうことになったからな」って言ってきたんですよ。

秋元　なるほど。

鈴木　**「やりたい仕事は待ってたら取られちゃうからな」**って、その先輩に言われたんです。なんだこのやろうって、ムカついたんですけど、でも、そうか、と思って。「自分で言うのって格好悪い」みたいな風潮ってあるじゃないですか。でもそのときに、**これからは格好つけずに口に出して言おうと思った**んです。僕、音楽が好きだったから、ＦＭの仕事をしたいってずっと言ってたんですよ。当時ニッポン放送ってすごい勢いだったから、ＦＭやりたいっていうのはほとんど裏切り者みたいな感じだったんですけど、たまたまＦＭと両方で仕事しているディレクターがいて、それで呼ばれたのが木村拓哉君のラジオ（「木村拓哉のＷｈａｔ's ｕｐ ＳＭＡＰ！」）です。まだ彼がキムタクって呼ばれ始める前。あそこで本当にいろんなことを教わりました。言ってみるもんだなって。

秋元　それはやっぱり、おさむだから成立するんだって。やりたいからやりたいって手を挙げたんだろ？

鈴木　本当にそうです。

秋元　そこが大事だよね。ふつうはメジャーだからとか、お金がいいからとか、有名だからやりたいってなっちゃうわけ。そうすると、下品になるんだよ。だけどそうじゃなくて、本当にやりたいっていう気持ちがどこまであるかだよね。

＊5　映画監督。「トリック劇場版」（二〇〇二年）、「20世紀少年」（三部作、〇八〜〇九年）、「MY HOUSE」（一二年）など。

＊6　一九九一年公開。主演：オノ・ヨーコ。まだ「ホームレス」という言葉が日本では一般的ではなかった。ちなみに、監督の堤幸彦は二〇一二年公開の映画「MY HOUSE」で再びホームレスをテーマにしている。

＊7　一九八七年、月〜金一六時からの生活情報番組として放送が始まったが、今や伝説の「笑福亭鶴光のオールナイトニッポン」（七四〜八五年）から引き継がれたコーナーも多く、次第にエロの本領を発揮する番組へ。二〇〇三年三月終了。

＊8　一九九三年七〜九月に放送されたテレビドラマ。静岡から上京した女性三人が性、宗教、金に翻弄され堕ちていくさまを描いた。当時まだ無名だった常盤貴子が借金のためにファッションヘルスで働く女性を体当たりで演じ、話題を呼んだ。

3 逆境ですらおもしろがる

ニッポン放送の「若手の育て方」

鈴木　秋元さんは若い頃から歌詞をたくさん書いてますけど、自分から歌詞を書きたいって言ったことはないんですか。

秋元　ぜんぜんないよ。僕ももともとニッポン放送の仕事をずっとやってたんだけど、あるとき、亀渕（昭信、ラジオパーソナリティー、プロデューサー、元ニッポン放送社長）さんに呼ばれて、ニッポン放送の近くのしゃぶしゃぶ屋に連れていかれたの。しゃぶしゃぶ食べながら、「お前は才能がある」と。

鈴木　そう、あの頃のラジオ局はね、しゃぶしゃぶ食うんですよね（笑）。

秋元　しゃぶしゃぶ食べながら、「おまえは才能がある」ってさんざん言われたあと、「作詞はしないのか？」と聞かれたから「したことはありません」って答えたら、「朝妻（一郎、音楽プロデューサー、フジパシフィック音楽出版会長）ってのがいるから持ってけ」って言われて。あとで聞いたら、別に僕だけにそう言ったんじゃなくて、亀渕さんは若い放送作家たちをみんなそうやって励ましてるの。

鈴木　ははははは。

秋元　それで僕は朝妻さんのところに歌詞を持っていくようになるんだけど、あるとき、亀渕さんからサミー・デービス・ジュニアの「子供達を責めないで」っていう歌を訳詞してくれって頼まれるわけ。原詞に基づいてやれと言われたからその通りにやってみたんだけど、なんかつまんないなーと思ってさ。そのときにふと、新聞に、「太陽にほえろ！」は絶対に犯人を子どもにはしませんと書かれているのを読んで、子どもにだって悪いやつがいるんじゃないかって思ったことが頭をよぎった。頭の中にあったことと、訳詞がつまんないなと感じたことがつながったんだよね。原詞は「子どもたちは無垢《むく》なんだ」っていう話なのに、それを真逆にした。子どもは計算高くて無神経で、オチが「わたしは子どもに生まれないでよかった」。それを[*9]「スネークマンショー」でガーッと人気の出ていた伊武《いぶ》雅刀《まさとう》さんが歌って、それがヒットしたんだよね。そのあと、またフジパシフィックから、「コンペなんだけど、[*10]筒美京平《つつみきょうへい》さんの曲に詞をつけてくれ」って言われて、それで書いたのが、稲垣潤一さんが歌う「ドラマティック・レイン」だった。

鈴木　へえ。コンペだったんですか。

秋元　だから、別にあれをやりたいこれをやりたいって言ったわけではないんだよね。唯一自分からやりたいって言ったのは、美空ひばりさんの「川の流れのように」なんだけど、それももともとは、亡くなった[*11]堀江しのぶって女の子のプロデュースをしてたときに、日本コロムビアの人に次は何がやりたいんですかって聞かれたから、そうだなあ、美空ひばりさんの詞を書いてみたいな、って言ったのが、そののちにつながるわけ。よくおさむも聞かれるでしょ、次何やるんですか、って。そんな雑談みたいなことだったんだよね。それが唯一自分から言ったと言えば言ったことかな。

鈴木 そうだったんですか。

秋元 たぶんキャラクターがあるんだよ。おさむがこの仕事したいとか、この人に会いたいと言ってもぜんぜんいやらしくない。でも僕が言うと、その人もまわりも身構える。だから自分からは言わないと思ったのが、二〇代かな。

「その話、おもしろくしゃべってみろよ」

鈴木 僕はラッキーなことに二三、四歳でテレビ番組が急激に増えて、その年齢ではあり得ないお金、毎月七〇〇万円とかもらい始めたんですよ。ちょうどその頃、僕が二五のときに、親父の借金が発覚するんです。蓋を開けてみると、一億円あったんです。

秋元 すごい額だね。

鈴木　うちスポーツ用品店だったんですけど、いろんな事情が重なってうまくいかなくなって、借金がどんどんかさんでしまって。あるとき、父親にきてくれって言われて銀行に行くんですけど、それまで知らなかったんですよ。その場で初めて聞かされたんですけど、銀行に五〇〇〇万円、消費者金融に三〇〇〇万円、ヤミ金に二〇〇〇万円借金があったんです。実家に一日二〇〇件ぐらい電話がかかってくるような状況になっていて。僕はそのときまでまったく知らなかったから、もうこれダメだっていう話になったんです。

　そのときに一回だけ、この仕事辞めようと思いました。これやばい、しゃれにならない、家族で逃げなきゃいけないんじゃないかって。さすがにそのとき仕事を一週間ぐらい休んだんですね。そしたら「めちゃイケ」を作ったフジテレビの片岡飛鳥《かたおかあすか》（ディレクター、総合メディア開発コンテンツ事業局コンテンツ映像センター室長）さんが、まだ「とぶくすり」[*12]でしたけど、僕が長めに仕事を休むのが初めてだったんで、「どうした」って電話してきたんです。いや、これこれこういうことがありましたって言ったら、「来週、とりあえず会議にきて、その話、おもしろくしゃべってみろよ」って言ったんですよ。

秋元　ははははは。

鈴木　この人、頭おかしいんじゃないかと思って！　「おもしろくですか⁉」みたいな感じで。あとから思えばきっと、このままだとこいつ辞めちゃうんじゃないかって感じたんでしょうね。それで、東京に帰って会議でできるだけ明るくしゃべったら、みんながすごく笑ったんですよ。そうしたら、自分でも「あれ？」って思って。**僕の借金の話は、おもしろいことなのかもしれない**って。この業界のいけないところですよね（笑）。

それで、とにかく返すって決めて、あと、ヤミ金の返済分だけ貸してくれた父の友人がいたので、なんとか難を逃れたんですけど。ただ、それで毎月けっこうお金をもらっていたのにそのほとんどを親に渡すことになって。

秋元　そうだよね、一億円を返すわけだから。

鈴木　利子も入れて全部で二億円近くあったと思います。消費者金融の金利が三〇〇万円に三割つくから、一年間に一〇〇〇万円ずつ増えてくんですよ。貯金が七〇〇万円ぐらいしかなかったから、元金を返すこともできない。だけどそのときに、フジテレビの荒井（昭博、プロデューサー、編成制作局長）さんが心配してくれて、**「お前は才能がある。僕はお金をあげることはできないけど、仕事は与えられるから」**って言ってくれたんですよ。僕は「絶対、今後番組が増えていくから協力してくれ」って。結局、借金は三〇歳くらいでほぼ返しました。もちろん、僕だけじゃなくて、父も母も協力して。

秋元　すごいね。

鈴木　番組はどんどん増えていくんだけど、書いても書いてもお金は返済に消えていく。でもその経験があったんで逆にお金を気にしなくなりました。一切。あの頃の収入が全部自分のものになってたら、もっとお金に貪欲《どんよく》になってたかもなと思います。

秋元　ならないと思うよ。

鈴木　ならないですか。

秋元　もしも親のことがなくても、たぶん、おさむは「もっと」とはならないと思う。好きなことをやってると思うよ。

＊9　一九七五年、桑原茂一と小林克也によりユニット結成。七六年に放送開始されたラジオ番組「スネークマンショー」はエッジィな音楽スタイルでカルト的な人気を博した。伊武雅刀が参加してからは曲と曲の間にコントが挿入されるようになり、「スネークマンショー」と言えばこのコントを指すこともある。八〇年、YMOのアルバム「増殖」に参加。八一年にオリジナルアルバムを二枚出しヒットするが、その後分裂、自然消滅した。

＊10　作曲家。一九四〇年生まれ。シングルの総売上枚数歴代一位。多くのヒット曲を手がけている。本書に曲名が登場する「なんてったってアイドル」（作詞：秋元康）や「木綿のハンカチーフ」（作詞：松本隆）も筒美作。

＊11　高校生のときにクラリオンガールコンテストで入賞しデビュー。愛らしい顔立ちとナイスバディ、カンのよさで、ドラマ、バラエティー、グラビアなど幅広く活躍。病気のため二三歳で死去。

＊12　一九九三年四月から放送が始まった深夜バラエティー番組。「とぶくすりZ」などを経て、九五年一〇月にほぼ同じメンバーで「めちゃ×2モテたいッ！」がスタート、翌年「めちゃ×2イケてるッ！」としてゴールデンタイム進出。

4 運をたどっていくと、夢につながる

官僚になりたかった

鈴木　秋元さんは、放送作家になっていなかったら、他の仕事をできただろうかって、考えたことありますか。

秋元　小学生の頃は官僚になろうと思ってたからさ。そっちの人生と今の人生、考えることあるよ。

鈴木　小学生から官僚になるっていう選択肢って、すごいですよね。想像つかないです。

秋元　僕たちの時代は、それが未来への階段に思えたんだよね。子どもがみんな塾に通い始めて、受験戦争が言われ始めた頃。もともと目黒区の小学校に通ってて、そこで賢いって言われる子どもだった。小児喘息《しょうにぜんそく》だったから今の西東京市に引っ越したんだけど、当時のことだからさ、都会からすごい頭のいい子がきたって感じになった。そうすると、おだてられてじゃないんだけど、僕は塾に通って勉強して東大行くんだって、小学校の二、三年くらいで思ったんだよね。四谷大塚進学教室[*13]とかに通って、開成中学、開成高校、東大文Iのイメージだったわけ。

鈴木　すごいっすね！　東大に行く選択肢があるって。

秋元　所詮子どもだからね、まだわからないよね。そうしたら、中学受験のときに開成に落ちたんだよ。それも、なんでこんなのがわかんないのって、僕が勉強を教えてあげてた同級生が受かって、自分が落ちた。四谷大塚の仲のいい仲間の中で僕だけ落ちたんだよね。そこで人生の理不尽を感じたの。

鈴木　早いですね（笑）。

秋元　ＡＫＢ48の高橋みなみが「努力は必ず報われる」[*14]って言うじゃない。すごくいい言葉だし、高橋みなみたちの努力は報われて欲しいと、切に思う。だけど、**努力は報われないこともあったなっていうのが、僕の中にあるんだよ。**それを考えるとさ、今のこの仕事が天職なのかなとは思うけど、いやいや、やっぱり官僚になってたほうがよかったのかなっていう気もするし。このあいだも政府の「クールジャパン推進会議」に出席したとき、僕の前にいっぱい、たぶん東大文Ｉを出た官僚の人たちがいるわけじゃない。みんな賢そうなんだよ。難関を突破して来た人たちだからね。

鈴木　なんなんですかね、「官僚になりたい」って。

秋元　まあ、「記号」だ。

鈴木　「記号」。

秋元　つまり一生懸命勉強したらそっちへ行くんだと、それしかなかった。行って何をやるかもわかってなかったけど、一生懸命勉強して、国のために働くんだ、そこに行くんだっていうのは、なんかあったね。

「ダンシング・ケンゴ」と「エンターテインメント官僚」

秋元　おさむはもしも放送作家になってなかったら何になってたと思う？

鈴木　僕の小学生の頃ってサッカーブームなんですよ。『キャプテン翼』[*15]で。地元は千葉の房総《ぼうそう》の田舎なんですけど、小学校の先生の力があったのか、セルジオ越後《えちご》[*16]さんが毎月来てたんですよ。子どもたちがセルジオさんに飽きるぐらいに（笑）。ほかにもいろんなサッカー選手がきて、サッカー選手が憧れだったんですよね。サッカー選手になりたかったんですけど、下手だったんですよ、僕。スポーツ用品店の息子で昔からやってるのに下手っていうのが、とてつもないコンプレックスだったんです。友だちに、いいユニホームばっかり着やがってとか言われて。

中学校に入ってもサッカーを続けてたんですけど、中学二年で初めて、後輩に抜かれるっていう経験をするんですよ。自分より早くレギュラーになっていく。すごくさみしいんですよね。それで僕はスポーツの選択肢を全部消しました。その頃からすでに放送業界にすごく興味がありましたね。

秋元　早いね。

鈴木　中学生のときからありました。やっぱりそれは、とんねるずさん、ウッチャンナンチャンさん、テレビがとてつもなく――。

秋元　おもしろかった時代だね。

鈴木　そうです。テレビを見るために、夕方家に走って帰ってました。ラジオもめちゃくちゃおもしろかったですね。

秋元　自分が出ようっていう選択肢はなかったの？

鈴木　いや、出るよりも、何かを作るのが小学生のときから好きだったんですよね。秋元さん、生徒会長じゃなかったですか？

秋元　ううん、違う。

鈴木　この業界の人って生徒会長率高いですよね。僕も生徒会長だったんです。毎月発表会をやるんですけど、町の人口が増えたとかつまんないやつばかりだったんで、お芝居をやっていいですかって言って、そのときは、自分で作・演出と、出演もしました（笑）。

秋元　僕はとにかく目立ちたくないっていうのがあるわけ。

鈴木　それ、この業界では珍しい。

秋元　自分は目立ちたくないから、クラスの中のおもしろいやつに、たとえば遠足のバスの中で「こういうこと言ってみ」とかって言ってやらせると、どかーんとウケる。そっちなんだよね。だから自分が作・演出で出るっていう選択肢はまずない。

鈴木　僕は、自分が女装したらウケるだろうなって考えてました。中一のときに、作文で小説を書くっていう授業があったんですよ、ケンゴっていう友だちがいて、そいつのことを文章でいじってやろうと思って、そいつが夜な夜なレオタードを着て踊るっていう、「ダンシング・ケンゴ」っていうのを書いて、筆が乗っちゃって八枚ぐらい書いたんですよ。それを他の友だちに見せていじらせるつもりだったんですけど、なぜか先生が気に入って、地元の新聞に載っちゃったんですよ。

秋元　ははは。「ダンシング・ケンゴ」が。

鈴木　僕、本当にイヤだったんですよ。怒られるじゃないですか。要は、友だちのことをいじってる文章なんで。でも、自分の作ったもので笑わせるのは当時から好きでした。僕はこの仕事してなかったら、実家にいて、ろくでなしになっていたと思います。ただ、居酒屋の「つぼ八」で二年間バイトしてたんですけど、そこでは、バイトが赤い服で、社員が白い服なんです。僕が「辞めます」って言いにいったら、白い服出されて、「白いの着ないか」って言われたことはあります。

秋元　いい先輩じゃない。

鈴木　すごく仕事ができる「伝説のバイト」の一人だったんですよ。でももう今の仕事でお金をもらっていたので、大変申し訳ないですけどって。だから僕は、他の世界に行ってもそれなりに仕事はできたんだろうなと思うんですけど。

秋元　たぶん、見えるんだよね。このお客さんが何を望んでて、このテーブルが何を望んでて、今店長は何を望んでて、っていうことが。こうすればいいのにな、あすればいいのになってことがさ。たとえば「秋のきのこフェア」をやるにしても、いや、きのこフェアじゃつまんないからこうしたほうがいいんじゃないの、っていうことも含めてね。

鈴木　今、秋元さんがやっていることは官僚ですよね。

秋元　官僚？（笑）

鈴木　エンターテインメント官僚ですよ。

秋元　もしかしたら僕が官僚になってたら、「秋元康」とか「鈴木おさむ」を見ていいなあ、と思ってたかもしれない。でも、官僚のみなさんとお会いすると、やっぱりちゃんとしてるんだよね、ちゃんとした社会人だなと思う。僕たちはどこか、ちゃんとしてない部分があるじゃない。これは日本の役に立っているんだろうか、世間の役に立っているんだろうかと思う。たとえば、お父さんという立場の自分が、子どもからはどう見えるんだろうと考えるとき、「うちのお父さんは経済産業省に勤めてます」っていう子どもが抱くお父さん像とは、ちょっと違うよね。**だからどこかで、ドロップアウトしてるなと自分では思う。**

鈴木　うーん。

秋元　つまり、官僚の側にいたかもしれない自分といつも対比してるから、自分の中に「偉い」という感覚がまったくない。すごくあやふやな仕事をしてる、そう思うのは、官僚であったかもしれない自分がいるから。つまりいくら偉ぶって、たとえば誰かに「先生」って呼ばれても、先生でもなんでもないよなって。だってドロップアウトしてこっち側にきてるわけだからさ。

チャンスは辺見マリのかたち

鈴木　この仕事を始めて、橘[*17]いずみ（現・榊いずみ）さんのラジオをやったときのことなんですけど、当時下っ端の作家だったんですね。そのときに、レコード会社の岡本さんっていうおもしろいおっさんがいて、「次の飲み会に辺見[*18]マリの写真集買ってきてよ」って言われたんですよ。辺見マリさんのヌード写真集が出て話題になってた時期で。「辺見マリの写真集ですかあ」とかって言いながらも買っていくつもりだったんですけど、これがまた小忙《こぜわ》しくて、まあいいだろうって買っていかなかったんです。そうしたら、その岡本さんじゃなくて、番組のディレクターが、裏で僕のことをバッキバキに怒ったんですよ。そんなに怒られたことないっていうぐらいに怒られて、

「お前、クソだな」って。「お前、岡本さんが本当に辺見マリの写真集を見たがってると思ってんのか」って。「お前が持ってきたら、それをお前がみんなにプレゼンできるだろ。お前のことなんか誰も興味ないんだから、お前にそのチャンスをくれようとしてるのに、なんでそれに気づかないいんだよ」って。はっ！　って思って。よくチャンスのかたちって言いますけど、まさか辺見マリの写真集が、チャンスのかたちだと思わないわけですよ。子どもだから。そのときに気づきました。**チャンスのかたちってわからないな**って、本当に。

秋元　ここに運があって、反対側に夢があったときに、この二つを結ぶものがないように見えるよね。だけど**目の前の小さな運をたどっていくと、夢のほうにいく場合がある。**あるいは、夢にはつながらないかもしれないけど、運をたどっていったその先に別の幸せがあるかもしれない。だけど、ほとんどの人が運のほうには行かないんだ。たとえば、映画の現場で、朝早くから夜遅くまで照明を一生懸命やってくれる人がいるとするでしょ。「照明部大変だよね？」って聞くと、「なんか楽しくて苦にならないんですよ」とかって返ってきたりする。今度は違う現場で、照明チーフになったその人と再会して、「チーフになったんだ」「はい、今回初めてです」なんてことがあるよね。でも最初は、その人も学生時代に先輩に「どうしても一人足りないからこい」って言われたのがきっかけだったりするんだよ。先輩がもしも録音部だったら録音にいってるんだよね。そういうことがさ、どんな職業でもあるじゃない。そういうことが、運の先に必ずあるんだよね。

鈴木　いくかどうかですよね。こいよと言われたときに、いくかどうか……。

秋元　誘われたときに多くの人は、それを運だとは思わなくて、反対側に、たとえば就職試験が控えてるとなると、そっちに行くことを選んでしまう。でも、誘いにのってみると、就職試験なんか止《や》めてこっちの世界にいこうってなるかもしれないじゃない。**でもみんな、そのときの運の流れ、空気の流れよりも、先に決めたスケジュール通りに生きようとしちゃうんだよね。**

＊13　一九五四年創立の東京都中野区に本部を置く学習塾。小学生を対象とした中学受験学習指導が中心。六〇年に教材「予習シリーズ」を販売開始。

*14 AKB48のリーダー役である高橋みなみが第3回選抜総選挙で語った。翌年の総選挙で再び、「もう一度言わせてください。（中略）努力は必ず報われると、私は人生をもって証明します」と宣言した。

*15 一九八一年から八八年まで「週刊少年ジャンプ」で連載されたサッカー漫画。作者は高橋陽一。八三年からのテレビアニメは世界各国で放送され、フランスのジダンらトップ選手たちにもファンが多い。ちなみにJリーグ開幕は九三年。

*16 サッカー解説者。一九六四年、ブラジルの名門クラブコリンチャンスとプロ契約。七二年、日本サッカーリーグ一部の藤和不動産サッカー部（湘南ベルマーレの前身）に入部。引退後、七八年から「さわやかサッカー教室（現・アクエリアス・サッカークリニック）」を開き、全国津々浦々を回って少年サッカーの指導普及に努めた。

*17 シンガー・ソングライター。一九九二年、「君なら大丈夫だよ」でデビュー。「失格」「バニラ」「永遠のパズル」など。二〇〇六年、結婚を機にアーティスト名を「榊いずみ」に。九二年一〇月から「橘いずみのオールナイトニッポン」（金曜、二部）パーソナリティーを務めた（九三年一〇月まで）。

*18 一九九三年発売。当時四二歳のヌードが話題になった。

第2章

「好奇心」を育てる

1 運を手にするためのたった一つの方法

「運の種」は「好奇心」

鈴木　運の種って、好奇心だと思うんですよね。
秋元　そうだね。**自分が「おもしろそうだな」と思えるかどうかがいちばん**だね。他にはない。よく、秋元康はお金を求めているんじゃないかと言われるけど、僕は高校時代に放送作家になって仕事をしているから、お金に対する執着がまるでない。ギャラの額はつまり評価だから、放送作家が理不尽に安く使われることに対しては怒りを覚えることもある。でもそれは自分のためというより、おさむや後輩たちのような才能ある人たちがちゃんと評価されるようにしなきゃいけないという思いから。僕は作詞家、放送作家として、分不相応なお金をもらったかもしれないけど、だからこそ、これで一発当ててやろうというのはモチベーションにはならないんだよね。

鈴木　お金がほしいかは別として、ヒットはさせたいじゃないですか。ヒットさせる喜びっていうのはあると思うんですよね。おもしろいと思ってもらいたいし。評価されたほうがやりがいもあるし。そこを、お金をほしがっていると思われちゃうところはありますよね。

秋元　僕もおさむもアイデアがあるので、お金儲けをするにはどうしたらいいかっていうアイデアも出てくるんだよね。でもなぜそこにアイデアを使わないかというと、やっぱり、作ったものがおもしろいかとかヒットするかとか、そっちの関心しかないからなんだよ。

鈴木　好奇心ですよね。

秋元　僕もおさむくらい若いときは好奇心に体力がついてきていた。でももう、たとえば詞や台本を書いていて追い込まれているときに、「あっ、会議に行かなきゃ」というのがつらくなってきた。

鈴木　僕も行くのがつらいときもあります。でも、たとえば僕はラジオ番組をやっていますけど、いろんな人に会える。**人に会うって、自分の計算外のことが起きるってことなんですよね。**読まなきゃいけない本、見なきゃいけない映画じゃなくて、人に会って薦められて、自分で見たいと思っていたもの以外を見ると、びっくりすることがある。それがいいですね。

初めてのぎっくり腰をおもしろがれるか

鈴木　僕、このあいだ、人生で初のぎっくり腰になったんですよ。そのまえはインフルエンザにも初めてかかりました。前厄だからねって言う人もいましたけど、僕はどこかに、「人生で初めてだからちょっとうれしい」って気持ちがあったんですよ。痛かったですけど（笑）。

秋元　それ。それがすべてなんだよね。**ぎっくり腰がうれしいっていう気持ちを持てるかどうか。**いつだったか忘れたけど、僕も初めて二日酔いになったときにうれしかった。ああ、この頭に残る感じ、これが二日酔いかって。でもね、おさむのぎっくり腰はまだ本物のぎっくり腰じゃないと思うよ（笑）。もう、微動だにできないからね。僕、ゴルフはめったにやらないんだけどチャリティーだからって頼まれて参加したことがあって、そのときになったことがある。いっしょに回った女子プロの人に、「秋元さん、もっと腰のあたりを反らしてしてください」って言われて動かした瞬間、バキッ！　っていったまますそのまま動けない。カートにも乗れない。トイレに行くにもズボンも脱げない。あの状態はできればもう味わいたくないかな。

鈴木　僕も鍼《はり》の先生になんとか助けられましたけど、もう二度目は避けたいですね（笑）。

「ひょんなことから」始まる

鈴木　僕、ちゃんこ屋[*1]を始めたんです。グルメにはまったく興味ないんですけど、ひょんなことから相撲部屋のちゃんこ番だった人と知り合ったんですよ。今田耕司さんの家で芸人鍋会をやったことがあって、そこに横綱白鵬《はくほう》関や琴奨菊《ことしょうぎく》関、豊ノ島《とよのしま》関や元力士の人といっしょにきてて、作ってくれたちゃんこが、めちゃくちゃうまかったんです。「なんでお店やらないの?」って聞いたら、「やりたいと思ってるけど、きっかけがなかったんです」って。その人は若くしてケガをして引退して、三年間、部屋のちゃんこ番をやってたんです。

彼の人生をものすごく応援したくなっちゃって、何人か仲間がいたので、ちゃんこ屋をやろうって。四〇歳を超えたし、「オフィスおさむ」という自分の会社以外に、もう一つチームを作ってみようかなと思ったんですね。

で、彼らと仲良くなると今度は力士と仲良くなるじゃないですか。知れば知るほど相撲そのものがおもしろくなる。不祥事や問題が続いて大変な時期があったからこそ、僕が応援することで、もしかしたらテレビの力を使ったりもして、相撲を盛り上げていけるかな、ってヘンな正義感がわいてきたりして。

テレビ朝日でやってる「お試しかっ!」っていうバラエティー番組があるんですけど、その中の「帰れま10《テン》」＊2っていうコーナーに白鵬関と豊ノ島関に出てもらったんです。収録に六時間もかかるから普通は横綱が出るようなコーナーじゃないんだけど、頼んだら出てくれて、視聴率よかったんですよ。やっぱりみんな相撲が好きなんだなって再確認できました。

秋元　そう、**何かを始めるとき、必ずそこに「ひょんなことから」が入っている**わけ。「ひょんなことから」ほど強いものはない。運命が選んでいるから。自分の人生を振り返っても、成功したことも失敗したことも「ひょんなことから」だよね。AKB48を作ったのも「ひょんなことから」。おすし屋さんで食事していたときに「こんなことやったらおもしろくない?」って言ったら、「それやりましょうよ」と言われたのがきっかけ。

ジェロの「海雪《うみゆき》」[*3]を書いたのだって、戸田恵子さんのアルバムのプロデュースをしていたら、そのディレクターに「おもしろい新人がいるんですけど詞を書いてくれませんか」って言われて。うちのスタッフは「スケジュールがいっぱいで時間がまったくとれないから無理です」って言ったんだけど、僕が、なんかおもしろそうじゃんって、引き受けちゃったんだよね。とんねるずだって、おニャン子クラブだって、なんだって「ひょんなことから」なんだよね。

鈴木　それも、**自分の強い好奇心がきっかけだからこそ、動ける**んですよね。ちゃんこ屋も、店を出そうって言ったのが二月で、四月には物件を決めました。僕、イヤなんですよね、「いつか」って。「こいつ社交辞令マンだな」と思われたくないんで、言った以上は早くやりたいんです。

自分が思ったことに触れさせたい

秋元　おさむの話を聞いてても思うのは、僕らが何かをやる動機って、市場が何を求めてるか、じゃないんだよね。たぶん多くの人が、秋元康や鈴木おさむはマーケティングして当たりそうなものを研究してると思っているけど、そんなことまるでないよね。

鈴木　僕、二〇一一年に、久しぶりにテレビドラマの脚本を書いたんです。「生まれる。」っていう高齢出産をテーマにした話で、五一歳で妊娠するお母さんの役が田中美佐子さんなんですけど、そのドラマのプロデューサーが四二歳で子どもを産んだ女性だったんですね。

僕自身三〇代後半になって、同い年の芸人さんの奥さんに子どもができて羊水検査を受けるかどうかとかそういう話を聞くことが多くなってたし、うちの奥さん*4の赤ちゃんが残念になっちゃったことがあって、自分の気持ちを何かのかたちで残したいっていうのが前からあったんです。だから、そういう気持ちでいるときに女の人の出産の話を書くことができて、よかったなと思って。大ヒットするような作品じゃないとわかっていたけど、そんな気持ちでやれたのがうれしかった。そういう方向に、これからもっとなっていくんじゃないかと思います。

秋元　奥さんとの恋だったり、親のことだったり、自分の中の何かに触れない限り、いくら「これをやったら売れるな」と思うことがあったとしてもやらないんだよね。

鈴木　そうですね。**今、世間の真ん中にあるものに近づくっていうよりか、自分が思ったことにみんなを触れさせたい**っていうのがあります。

秋元　僕は、若いやつでもプロデューサーでも、いろんなことを頼みにくる人に聞くんだよ。「何やりたいの?」って。**いろんな条件や事情があるのはわかった、「で、あなたは何をやりたいの?」**って、まず聞く。それによって僕らの答えも違うじゃない。だけど多くは、視聴率が取れるものをやりたいとか、当たるものをやりたいとか。それじゃダメだろうと思う。

鈴木　「生まれる。」をやったとき、いくつかの媒体で特集をしてもらいましたけど、その一年後にNHKスペシャルでほぼ同じテーマを特集したんですよね。Nスペはすごく話題になったから、もし同じ時期だったらドラマも……と思うと、ああ、一年早かったか……って（笑）。秋元さんもそういう経験がたくさんあるんじゃないですか。

秋元　そうだね。

鈴木 計算できないですもんね。自分の気持ちでやるから。

秋元 でも、それでいいんだと思うよ。そこで、当たろうが、当たらなかろうが、おもしろいかどうかしかないいんじゃない？

＊1 二〇一二年九月、東京・中目黒に「ちゃんこ屋鈴木ちゃん」を開店。

＊2 「もしものシミュレーションバラエティー お試しかっ！」は二〇〇八年四月から深夜枠で放送開始。一〇年春にゴールデンタイムに。「帰れま10」は、飲食店等で人気メニュー上位一〇品を予想して注文し完食、一〇品すべてを当てるまで帰れない、というゲームコーナー。

＊3 アメリカ・ピッツバーグ出身の初の黒人演歌歌手、ジェロのデビュー曲。二〇〇八年二月発売。ジェロは、日本人の祖母の影響で演歌を歌い始め、同年ＮＨＫ紅白歌合戦に出場を果たした。

＊4 お笑い芸人トリオ、森三中の大島美幸さん。

2 予定調和を壊していけ

ワクワク感だけを毎日感じてた

鈴木　ＡＫＢ48がブレイクするまでに何年かかったんですか。
秋元　三年半から四年くらいだね。
鈴木　始めた頃、いろんなことを言う人がいたじゃないですか。ネガティブなことも。そのあいだ、秋元さんが堪《こら》え続けられたのはなぜですか。だって、ヒットする保証はないわけですよね。

秋元　人の話を聞かないから（笑）。たしかに「秋元さん、絶対当たんないよ」と言われたし、「秋葉原なんて人気のグラビアアイドルが握手会やったって五〇人か一〇〇人しか集まらないんだから無理だよ」とも言われたけど、もう、耳に入らなくなるのね。人の言うことにまるで興味がないんだ。何を言われようがぜんぜん関係ない。今はむしろみんなが「苦労して本当によかったですね」って言ってくれるけど、苦労と思ってないから。本人は、「今度はどうするかな、そうだ、ジャンケン大会やろうかな」とか、そのワクワク感だけを毎日感じてる。

鈴木　ブレイクするまでの期間、当時はモーニング娘。[*5]が絶頂期でしたけど、そのあいだ堪えていたという感覚はなかったんですか。

秋元　まわりのことが何も見えていなかった。自分だけの箱庭のようなものなの。人から見たら、あんな小さい箱庭見てどうするんだって思ったかもしれないけど、僕の中では最大の興味だった。

鈴木　へええ。

秋元　天職に就いてるなって思える人はみんな、好きだからやってる。好きかどうかでまずふるいにかけられる。だから、おさむもそうだし、成功した人はみんなそうなんだけど、苦労時代の話を聞かれるでしょ、でもほとんどの人が苦労だと思ってないんだよね。それはそれでおもしろかったなと思ってるから。でもまわりは、「その頃は大変でしたね」と思うんだよ。

ＡＫＢ48も、「秋元さん、よくがんばりましたね」とかって言われるんだけど、僕は逆にそこではたと気づくの。あんなものやり始めちゃって、売れなくて、大変だっていうふうに見られてたのかと。でも本人はぜんぜんそんなふうに思ってない。これやったらどうなるんだろうなとか、こんな歌出したらどうなるんだろうとか。すごく楽しかったわけだから。

自分の評価軸を持つ

秋元　僕は「予定調和を壊す」と自分でも言うし、よく人にも「秋元さんは『予定調和を崩しますね』」って言われるけど、それもまた少し違うかなと思うのは、僕が放送作家だということなんだよね。つんく♂はミュージシャン。つんく♂のモーニング娘。は音楽的にクオリティーが高いし、いまだに新しいことをやってる。一方で、AKB48は「企画」なんだよね。すべてにおいて僕は、細かいところまで全部を作り込んだりはしない。よく、総選挙のときにメンバーが言うセリフ、あれは秋元さんが考えたんでしょ、と言われるけど、考えて準備してたらあんなふうにはならないよね。

僕ら放送作家が台本を書くときって、何かの企画をやったあとに、「（　　）」にしてある部分があるわけだよね。その空欄は出演者自身で埋めてもらう。つまり僕らは、**そこでどんなハプニングが起きるかを想定して、そこに起きたらおもしろいなと思うことをどれだけ考えられるか、**が勝負じゃない。だから、AKB48もそういうシチュエーションがあればあるほどいいとは思う。

でも僕がやるのはそこまでで、あとはメンバーたちの力。たとえおもしろくなかったとしても、おもしろくないこと自体がおもしろいから。それがドキュメンタリーでしょ。だから下手にセリフを作っても予定調和になるだけだし、あるいはあえて予定調和を崩そうと思っても、そこで作ったらつまんないよね。シチュエーションだけ整えたら、あとは放っておく。だからみんなハラハラするわけじゃない？ 総選挙[*6]の結果発表も、僕ですら結果を知らないから、客席でファンといっしょに、「優子が勝つのか、前田が勝つのか」ってハラハラしてるわけ。

鈴木 最近、やっぱり秋元さんにはかなわないなあと思ったのが、去年「THE MANZAI」[*7]の審査員をやったときなんですよ。僕、初めて審査員をやったんですけど、グループAにオジンオズボーン[*8]っていうコンビがいて、すごくおもしろかったんですよ。審査員はみんなどの組に入れるか悩んでて、結果、票を開けたら、オジンオズボーンに入れたのが視聴者投票と僕だけだったんですよ。

秋元 （笑）。そうだったね。

鈴木 そのグループで勝ち上がったのがハマカーン[*9]で、グループBは千鳥《ちどり》[*10]が「よだれだこ」の必殺キーワードで勝ち上がって、グループCはアルコ&ピース[*11]が衝撃のネタで満場一致で勝ち上がったんですよね。アルコ&ピースは本当におもしろいと思ったんです。で、決勝でその三組が戦うわけじゃないですか。

秋元　うん。

鈴木　みんなレベルが高かったけど、アルコ&ピースはその前のネタがおもしろすぎてちょっと衝撃度は下がってて、漫才らしさとか笑いの量でいうとハマカーンだったんですよ。ただ、発明度でいったらアルコ&ピースがぶっちぎりだったんです。で、僕はまた、超悩んだんですよ。アルコ&ピースに入れたい！　でも笑いでいうとハマカーンだ！　でもやっぱりアルコ&ピースに入れたい気持ちがあって、どうしようどうしようと思って。「いや、でもな、一人だったら怖いな」と思って。

秋元　ははは。

鈴木　それで、ハマカーンに入れたんです。結果発表になって、最初に秋元さんの名前がスクリーンに出て、「アルコ&ピース！」ってなったときに、はっ！　って思って。

秋元　（笑）。

鈴木　結局、審査員でアルコ&ピースに入れたのは秋元さんだけなんです。九対一でハマカーンだったんですね。そのときに僕は、「やっぱりこの人には勝てない」と思いました。だって秋元さんは、あの日の断トツの、あの「企画」に入れたわけじゃないですか。

秋元　そうだね。

鈴木　漫才としてどうかとか笑いが多かったとかよりも、あの構造を発明したことに。

秋元　あれはすごいね、あの発明は。ハマカーンもおもしろかったけどね。

鈴木　決勝のネタのクオリティーもわかった上で、発明したことに秋元さんはポンと票を入れられるんですよ。僕はそういう意味では、ちょっと日和《ひよ》ったかもしれない。オジンオズボーンから引きずっちゃって（笑）。

秋元　**自分の好きなものを選ぶとみんなと違っちゃうんだよね。**

*5　ミュージシャンのつんく♂がプロデュースを手がける女性アイドルグループ。オーディション番組で選ばれた五人で一九九八年に「モーニングコーヒー」でメジャーデビュー。九九年には「LOVEマシーン」で初のミリオン達成、世相を映す歌詞と明るい曲調が人気を呼んだ。メンバーを入れ替えながら活動を続け、現在は一一人。

*6　「AKB48選抜総選挙」は、AKB48グループの中から、次期シングル曲を歌うメンバーをファンの投票により決めるイベント。第一回は二〇〇九年七月に赤坂BLITZで開催された。

*7　その年の「日本で最もおもしろい漫才師を決定する!!」コンテスト。二〇一一年、第一回開催。

*8　篠宮暁（一九八三年生まれ）、高松新一（一九八〇年生まれ）による漫才コンビ。一九九九年に結成。京都府出身の篠宮と千葉県出身の高松の東西コンビである。

*9　浜谷健司（一九七七年生まれ）、神田伸一郎（一九七七年生まれ）による漫才コンビ。二〇〇〇年に結成。他の芸人がたまにネタにする「下衆の極み」は浜谷の決め台詞の一つ。

*10　大悟（山本大吾、一九八〇年生まれ）、ノブ（早川信行、一九七九年生まれ）による漫才コンビ。二〇〇〇年に結成。一三年、第四八回上方漫才大賞で大賞受賞。ともに岡山県出身で、大悟の一人称は「ワシ」。

＊11　平子祐希（一九七八年生まれ）、酒井健太（一九八三年生まれ）によるコンビ。二〇〇六年に結成。コントに定評がある。漫才をやると「センターマイクのあるコント」と言われることがある。

3 スピードこそが時代を制する

決定権を持つ人が理解できるか?

秋元　僕にとっていちばん重要なのは好奇心だけど、もうひとつ挙げるとすれば、「スピード」だと思う。たとえば、ＡＫＢ48とか海外のアーティストが口パクだとかいろいろ言われたときに、ソフトバンクのＣＭですぐお父さん犬が「口パクじゃないか」ってネタにしたじゃない。あれを言わせたクリエイティブディレクターの佐々木*12

宏さんと、それにオッケーを出した孫正義さんのあのスピードは、すごいと思った。あれおもしろくない？

鈴木　たしかに、おもしろいです。

秋元　僕が放送作家になった頃って、テレビの作り手の中に、これは大衆にはまだわかんないよ、という意識があったわけ。それを壊したのが、僕が思うに[*13]横澤《よこざわ》（彪《たけし》、テレビプロデューサー、故人）さんなの。[*14]「オレたちひょうきん族」でマイケル・ジャクソンのパロディーをやったんだけど、僕たちの世代だったら、何人の人がマイケル・ジャクソンを知ってるんだってめちゃくちゃ怒られたよ。それが今は、僕たちが「24 TWINTY FOUR」をおもしろいなと思って見始めたときに、たぶん亀山千《かめやまち》広《ひろ》（二〇一三年六月二七日の株主総会後に、フジテレビ社長就任予定）氏も見てて、おもしろいと思ってすぐにフジテレビの深夜でやるわけじゃない。

鈴木　はい、やりましたね。

秋元　あのスピードだよね。**「スピードこそが時代を制する」**と思う。「SMAP×SMAP」でおさむたちがやるパロディーやコントも好きなんだけど、あれなんかもやっぱりスピードだと思う。

鈴木　そのスピードって、たとえばテレビの現場だとプロデューサーにかかっていますよね。オッケーを出すのはプロデューサーですから。一方で、CMの場合はその企業の社長になってきますよね。大きい企業になればなるほど、その人の度量が大事ですよね。

秋元　大事だね。だけど結局は、そこに至るまでにこちら側がどれだけ積み上げられるかだと思うんだよね。

鈴木　プレゼン能力ってことですか？

秋元　プレゼンというより、たとえば、今のおさむが言えば通っても、一〇年前のおさむが言ったら通らないかもしれない。同じ企画でも。

鈴木　わかります。

秋元　**決定権を持つ人が理解して許容するかどうかかっていうのは成功の秘訣だよね。**

鈴木　僕、二〇一二年に、アメーバのCMを作ったんですね。あのときは（アメーバを運営する）」[*15]サイバーエージェントの藤田《ふじた》（晋《すすむ》）社長と直接話せたからやりやすかった。最近は企業の社長も若くなっていて、そうすると話しやすいし、決定が早い分、企画の鮮度も上がる。でもまだまだ、担当者から決定されるまでに何重も段階がある企業が多い。今後はもっと小回りがきいてくるんでしょうか。

秋元　小回りがきくところもあるし、きかないところもあるよね。でもいまだに大企業では難しいと思うよ。

鈴木　そうですよね。あのアメーバのCMは、デジカメを回して撮ったんですよ。サイバーエージェントといえば女性社員が美人っていうイメージがネットとかでもよく書かれていたから、本物の社員に出てもらって。それを僕がおもしろがって撮るという企画なんですけど、よく通ったなと思って。社長と直接話せるから実現したけど、ふつうは通らない企画ですよね。

賛否両論は織り込み済み？

秋元　僕がいちばん初めに「これよく通ったな」と思ったのは「なんてったってアイ[*16]

ドル」の詞を書いたときだよね。よく許可が下りたな、よく通ったなと思った。当時トップアイドルの小泉今日子が「スキャンダルならノーサンキュー」とか「ちょっといかしたタイプのミュージシャンとつき合ってても知らぬ存ぜぬととぼけて」と歌うなんて発想はそれまではなかった。その次がセガのCM。[*17]セガのコマーシャルなのに、「セガなんてダッセーよなー」「プレステのほうがおもしろいよなー」って子どもたちに言わせたとき。

鈴木　秋元さんがそういう企画をやるときって、**世の中がどう反応するだろうとかっていうことは、どこまで予測してやるんですか。**確信犯的に考えてるんですか。

というのは、今はツイッターなんかで視聴者がどんどん発信できるから、僕はある程度そこも予想してやるんです。つまり、いい反応も悪い反応もあったほうが、絶対話題になるじゃないですか。

秋元　僕は何も見ないから。**こうしたらどういう反応が返ってくるとかは何も考えない。**自分がおもしろいかおもしろくないかしかない。アメーバのCMでいえば、ゲームの内容をたった一五秒の中では説明できっこない。でも、どういう人が作ってるのかは伝わるよね。つまり、「かわいい子が作ってるんだな」っていうほうがはるかにいい印象が残せる。

鈴木　開発者が二三歳の女の子だったりね。

秋元　プレイステーションがめちゃくちゃ強かったときに、セガのドリームキャストは宣伝費も知名度もぜんぜんなかった。その状況で、いくら高性能で、何ポリゴンで、何ビットでって言ってもわからないよね。やっぱり湯川専務しかないわけ。そういうときは、これをやったらどうなるっていうのは僕は考えない。まあ、湯川専務が人気者になるだろうなというのはわかっていたけど。

鈴木　ツイッターとか見ないですか。

秋元　見ない。スタッフが、こういうツイートがありますよとか、インターネットの掲示板にこう書かれてますよって持ってくることはあるけど、へえそうなんだって思うだけ。

鈴木　僕は、見ちゃうんですよ（笑）。

秋元　見ると、やっぱり、イヤじゃない。事情をわかってないやつ一人ひとりに、そうじゃないんだって説明したくなる。

鈴木　そうなんですよ！　もう、一人ひとりに返事したくなるんです。逆に、批判してるつもりが、まんまとこちらの意図に乗ってたりすると、罠にかかったなって言いたくなってしまって。それを言うと台無しなんで言えないんですけど。

＊12　クリエイティブディレクター。一九五四年生まれ。電通を経て、二〇〇三年「シンガタ」を設立。ＪＲ東海「そうだ　京都、行こう」（〇三年まで）、富士フイルム「お正月を写そう」、サントリー「缶コーヒーＢＯＳＳ」、江崎グリコ「OTONA GLICO」、資生堂「UNO FOG BAR」などのＣＭを手がける。

＊13　テレビプロデューサー。一九三七年生まれ。八〇年にスタートした「THE MANZAI」では、漫才にテレビ的な演出を取り入れ、高視聴率を記録。フジテレビ退社後は吉本興業役員を務めた。二〇一一年死去。

＊14　一九八一年五月に特別番組として放送され、同年一〇月からレギュラー化。レギュラー出演者にビートたけし、明石家さんま、島田紳助、山田邦子ら。当時はご法度だった楽屋落ちやパロディーなどを積極的に取り入れ、ハプニング性を重視した演出で新しいお笑い番組の潮流を作った。八九年一〇月終了。

＊15 一九九八年、インターネット広告事業を行う会社として設立。創業者は藤田晋。二〇〇四年、アメーバブログサービス開始。アメーバはスマートフォン向けのコミュニティ＆ゲームSNSとしてサービスを拡充している。

＊16 一九八五年一一月にリリースされた小泉今日子の一七枚目のシングル。オリコン初登場一位を獲得。作曲は筒美京平。

＊17 一九五一年創業。一九八〇年代に家庭用コンピューターゲーム機に参入、任天堂、ソニー・コンピュータエンタテインメントとしのぎを削った。「湯川専務」のCMは九八年のドリームキャスト発売時に制作された。二〇〇一年、家庭用ハード機製造販売から撤退。

4

「太陽」になれば企画は通る

敗者が格好よく見えるように

鈴木　テレビ朝日の深夜でやっている「お願い！　ランキング」っていう番組を立ち上げたとき、もともと本当に予算がなかったんです。通常の半分以下、しかもしばらくはタレントを使わないでくれって言われて。だからこそ、いろいろ自由にもできたんですけど、そのときに「この企画よく通ったな」と思ったのは、「美食アカデミ[*18]

ー」っていうコーナーです。食品会社の商品を食べてランキングをつけるんですけど、評価の低いものも発表したんです。それまでそれはテレビでは御法度《ごはっと》だった。

秋元 やっぱりね。でも、あれおもしろいよね。

鈴木 最初に、特番に出ることをある企業がオッケーしてくれたんですよ。でも予想より厳しい評価が出たんです。

秋元 でも、だからこそ、みんな待ってる間、本気でドキドキしてるよな。あのガチな顔がいいんだよ。

鈴木 やってみてわかったのは、番組で下の順位になったものが売れなくなるよりも、一位になったものが急激に売れるっていう傾向があることなんですよ。企業は当然毎日のようにデータをとってるから、それが見えるんですよね。

秋元 そうだね。

鈴木 そこですよね。メリットを理解してくれるかどうか。

秋元 「ほこ×たて」[*19]だってそうじゃない。

鈴木 そうですね。負けることの美学というか。

秋元　「ほこ×たて」なんて、始まってすぐに、「これ、負けたほうどうするんだろう」と思った。

鈴木　そう思いますよね。

秋元　だけど、それがナイスファイトになるんだよね。

鈴木　「ほこ×たて」の会議っておもしろくて、全国の鉄の会社の資料とかがたくさん集まってくるわけです。一週間に一回、木曜の昼だけは、他とは絶対かぶらない企画の資料が出てくる。そこってすごく大事だなって。僕にとっての財産だなって思うんです。

秋元　そこが鈴木おさむが優れているところで、やっぱり新しいんだよね。小山薫堂の「料理の鉄人」のときもそうなんだけど、類似した対決ものの企画はそれまでもずっとあったんだよ。でも、プロが負けたらしゃれになんないよって言われていた。それが、あの場に出てくること自体が名誉だってことに変わった。それが新しい。

鈴木　交渉してもなかなか出てもらえないことも多いですけどね。

秋元　でも、破壊する鉄球と守る側の壁やバリケード、どっちもすごいな、になるんだよ。あの人間模様がいちばんおもしろいんだよね。

鈴木　敗者が格好よく見えるようにというのは、演出やプロデューサーの石川君がかなりこだわって作ってますから！

プレゼンは「北風」、実績は「太陽」

鈴木　秋元さんはそういう、「通りそうにない企画」って、どうプレゼンしてきたんですか。

秋元　いや、よくプレゼンテーションの極意を聞かれたりするし、プレゼンテーションが上手いと思われてるようだけど、僕は違うんだよね。僕は、「北風と太陽」なの。自分の放送作家としての経験が教えてくれたのは、がんばって北風をびゅうびゅう吹かせても、旅人はコートを脱がないってこと。テレビ局の編成はコートを脱がないし、クライアントはコートを脱がない。だから、**プレゼンでは、こちら側が太陽のようになって、向こうが脱ぎたくなるのを待つ**かな。

鈴木　ははあ。なるほど。

秋元　この一〇年で、おさむは知らず知らずのうちに太陽になってる。『ブスの瞳に恋してる』[*20]もそうかもしれないし、「SMAP×SMAP」もそうかもしれないし、「お願い！　ランキング」もそうかもしれない。これまでやってきたものが、本人が意識しないところで太陽のようになって、プロデューサーに「おさむに任せるから好きなようにやってよ」って言わせるんだよね。

鈴木　でも、**自分の意見が通りやすくなるのって、責任が大きくなること**でもあって、若手のつもりでシャレで言ったことがそのまま採用されて、「いや、シャレで言ったんだよ!?」ってこと、ありません？

秋元　みんなそこにはまる。僕も一九、二〇歳くらいの頃は放送作家のいちばん末席なわけ。「ザ・ベストテン」[*21]の会議に出ても、遠くから「そんなんじゃつまんねえよ」とか言ってればよかった。「ザ・ベストテン」が始まったのが一九七八年で、一九八〇年頃にルービックキューブがブームになるんだけど、その前に僕はルービックキューブをセットで使えばって言ってたわけ。でもぜんぜん採用されない。で、半年くらいしてからルービックキューブのセットができるんだよね。「遅いよ」とかって言ってると、「秋元、わかってねえな」と。「（視聴率）四〇％の番組っていうのは、みんながバカにするくらいでちょうどいいんだ」って。

最初の頃はある意味無責任に新しいこと、おもしろいことを言ってればよかったのが、あるときから、責任をとらなきゃいけなくなる。もっと言えば、最終的に「どうしましょうか？　秋元さん」って許可を求められるようになる。

＊18 二〇〇九年一〇月に放送開始の深夜バラエティー「お願い！　ランキング」の一コーナー。レストランオーナーシェフや料理研究家らが判定員となり、企業のトップセールス商品を試食しランキングをつける。

＊19 二〇一一年一月からフジテレビ系列で放送開始。矛と盾のように、相反するものを戦わせるバラエティー番組。

＊20 交際〇日で結婚した妻、大島美幸との日々を綴ったエッセイ。二〇〇四年九月発行。続編が四巻まで出ている。

＊21　一九七八年一月から八九年まで放送されたカウントダウン形式の歌番組。毎週木曜日、生放送。初代司会者は黒柳徹子と久米宏。

5

おもしろがれるかがすべてだ

バットを短く持ち始めるとき

鈴木　若手の頃に書いたネタを僕はわりととってあるんですけど、勢いがあったりするんですよね。結構むちゃなことを考えてる。でも番組で自分がどんどん責任のあるポジションになってくると、安全策をとろうとするんです。だからここ二年ぐらい、**若手みたいなことをもう一回考えてみようと。**若手だったらこうするなっていうことを考えようとしているんですよ。今の自分はテクニックがついてきてるから、実現させていくことはあとからでもできる。みんなちょっとだけ自分の意見は聞いてくれるようになったから、若手みたいなむちゃな意見をあえて言うように心がけてやっているんですよ。

秋元　気持ち、すごくよくわかる。ある程度の重要なポジションになってくると、バットを短く持って塁に出ないといけなくなってくるよね。昔は、期待されていないから、バットを長く持ってブンブン振っているうちに、当たればホームランみたいなことがある。でも、バットを短く持って塁に出ることを目指すようになると、こぢんまりとしたものばかりになって、つまり、おさむが言うような若い頃のはじけた企画みたいなのができないわけ。僕も今のおさむと同じ四〇歳くらいのときにそういうことを考えたんだけど、そのときに気づいたのは、僕らはターゲットを考えながら作るよね。テレビなら一九時台だからどんな層が見てるとか、映画ならどんな人に向けてとか、大衆のために作っていると言っているのに、自分はその番組を、あるいはその映画を、見ないんだよ。仕事的に見るだけになっている。

だから、**「もしも仕事でかかわっていなかったとしても、自分でお金を出してまで観るか」っていうことが、僕の中で最も重要なポイント**なんだよね。企画がとんがっていようが、コンサバティブだろうが、どっちでもいいの。でも、たとえば若手が出してきたアイデアに対して、「お前これ、ロケ無理だろ」とかって言うのは、つまり、プロデューサー的目線になっているんだよ。

鈴木　たしかに、そうなりがちですよね。

秋元　プロデューサーはいちばんはずれたときのことを考える。これでうまくいくはずないとか。でも、放送作家はいちばんいい状況をイメージする。ロケでもスタジオでも、いちばんおもしろく転がったときを。転がりすぎたら番組の構成としてつらいな、と思う。でも、そのうち、開き直りじゃないんだけど、しらけようが何しようが、自分がおもしろければいいやって思えるようになるんだよね。

「それおもしろいじゃん」を発見する才能

鈴木　僕も、この世界に入った頃は、二〇人いる作家の中でいちばん若くても、遠くからヤジを飛ばすようにしゃべるタイプだったんですけど、そういう人って意外と限られてるなって気づいたんですよ。

秋元　そうかもしれない。

鈴木　そうやってること自体がおもしろかったし、僕の言ってることはおもしろいんだから振り向けよ、と思っていました。最近、若い作家でそういうタイプがいないですよね。僕より上の世代では、高須（光聖）さんは初めて会ったときにすごくしゃべってたし、あと、やたら文章がおもしろいっていう人もいたりしますけど。

秋元　絵がうまいやつとかね（笑）。企画会議だとこう、みんなでコピー用紙とかに書きながら、ゲーム案とか考えるけど、絵のうまいやつ、いるんだよな。『もしドラ』の*22岩崎夏海《いわさきなつみ》も絵がうまい。

鈴木　いますね。字もね、魅力的な人もいる。でも僕はそういうタイプじゃないから、とにかくしゃべる。だけど、このあいだ新番組の会議でプロデューサーに言ったんです。過去の恋愛経験とか、いつまで僕がくだらないことしゃべってなきゃいけないんだろうって（笑）。若い作家が恋愛エピソードや失敗談を話すっていうのが、昔の会議の定番だったんですけど。

秋元　まるで同じ。僕もいまだに、なんで僕が話題を提供しなきゃいけないんだろうと思うから。もう五五なのに、自虐的《じぎゃくてき》なネタを披露したり。

鈴木　はははははは。

秋元　このあいだ乃木坂46[*23]の会議のときに話したことなんだけど、昔かみさんと車で東名高速を走ってたわけ。そしたら僕らの前にトラックがいて、「最大積載量、女房子どもが食えるまで」って書いてあったんだよ。

鈴木　はははははは。

秋元　すごいキャッチフレーズだなって思って。そのときの乃木坂46の会議でスタッフから出てくるのは、東京、大阪、名古屋でライブをやっていいですか、とかって話ばかりだから、お前らまだそういう話をしてるのか、と。コンサート会場をどうするとかはどうでもよくて、たとえば、メンバーがそれぞれキャッチフレーズを考える、それをお互い言い合ってどっちがおもしろいか勝ち負けを決める対決イベントをやったらどうだって。「最大積載量」の話から強引にそっちへ持っていったわけ。そういうエピソードはないのかよってことでしょ。

鈴木　そうです。このあいだ、今度始まるKis-My-Ft2[*24]の番組の会議があって、メンバーが女の人と別れるときの言葉を考えるっていう企画を話し合ったんです。僕はその場にいなかったんですけど、メンバーが「どういう設定なんですか」って聞いてきたらしいんですね。スタッフが「倦怠《けんたい》期で別れる設定にしました」って言うから、「ウソつけ」と。

　倦怠期で別れるカップルなんていない、倦怠期だって言いながら絶対新しい女ができてるわけですよ。「そんなリアリティーがないんじゃ見てる人はなんにもおもしろくない」って言ったんですけど、「でもアイドルだから、新しい彼女ができたっていうのはよくないんじゃないか」って言うんです。いやいや、新しい彼女ができたとして、それを女に言うかどうか、ってところがいいんじゃない、みたいなことを、四〇歳の僕が二〇代のやつらに言ってる。それでいいのかって思いますよね。

秋元　そこの感性が若者たちにまだないんだよね。「ザ・ベストテン」のときもよく、歌手の人たちに取材してこいって言われて、司会の黒柳徹子さんと久米宏さんが話すネタを探しに行ったんだけど、本人は何もおもしろいことだと思ってないことがおもしろかったりするわけじゃない。エピソード作りには、もの作りの目線がないと絶対ダメだと思う。本人がおもしろくないと思ってることが、どれだけおもしろいかを発見するっていうことだから。

＊22　作家。一九六八年生まれ。放送作家としてテレビ番組の制作などに携わる。秋元康事務所を退職後、二〇〇九年に出版した『もし高校野球の女子マネージャーがドラッカーの『マネジメント』を読んだら』が電子書籍も含めて二七〇万部を超えるベストセラーに。漫画、テレビアニメ、映画も制作された。

＊23　ＡＫＢ48の公式ライバルとして企画された女性アイドルグループ。二〇一一年八月活動開始。

＊24　二〇〇五年に結成されたジャニーズ事務所所属の男性アイドルグループ。グループ名は七人のメンバーの名字のイニシャルから。キスマイフットツーと読む。略して「キスマイ」。一一年八月、ＣＤデビュー。

6

苦しみや悲しみを「ステキ」に変える

自分の人生と違いすぎるからおもしろい

秋元　プロデューサーの目で見ると、日本にはテレビ以外にもいろんな分野に優秀なクリエイターがたくさんいるけど、もっといろんな動き方があるのにな、と思うことが多いね。

鈴木　**みんなもっといろんなことやればいいのに**って思います。僕は好きだからいろいろやるけど、才能あるのにもったいないですよね。でも、みんな面倒くさがるから。

秋元　現状維持がいちばんラクなんだよ。だから、飲み屋で**「小説書く、明日からやる」って息巻いてたやつも、次の日になれば何もやらない。**

鈴木　僕もちゃんこ屋やってますけど、飲食店経営にはまったく興味ないんですよ。ただ、お相撲さんの、辞めたあとの人生がおもしろかった。自分の人生と違いすぎるからおもしろいんです。

秋元　おさむに会いたいってくる人の中には、ちょっと怪しい人たちもいっぱいいない？（笑）

鈴木　本当に怪しいのはもちろん断りますけど、そういう人じゃなくて、興味を持ったら、なるべく会うようにしてます。二〇一一年の秋から半年間、アメーバのゲームを原作にした「私のホストちゃん〜しちにんのホスト〜」っていうドラマをやってたんですね。

そのときに、撮影とかで実際のホストクラブに協力してもらったから、二週間に一回の収録が終わったあとにホストクラブに自腹で行ってたんですよ。そこで一人親友ができたんです。三一歳で、とにかくいろんな商売をしてる人なんです。福岡の筑豊《ちくほう》出身でのし上がってきて、そういう人の商売のしかたとか聞いてると、へえ！　って驚くことが多くて。全国でホストクラブをやってるんですけど、当たるのがわかってるからホストクラブなんかもうあんまり興味ないんですって。今度は別の大きな野望のために動いてる。

秋元　へえ。

鈴木　そういうおもしろいやつと会うとすぐにメールアドレスを交換することにしてるんですよ。それで次の日にメールするんですけど、向こうは本当にメールがきたってびっくりするんですって。さらに一週間以内に飯を食うようにしてるんです。

「まじで!?」と言われることを毎日探してる

鈴木　秋元さんとこうして話して、あらためて「なんでこの仕事してるんだろう」と思ってみると、**こんなことがあった、あんなことがあったって、人としゃべりたくて**

この仕事をやってるんだなと気づきました。人に「まじで⁉」って驚かれたりとか、「そうだよね！」って同意されたりとか、それってすごいテンション上がるじゃないですか。たぶん、自分で満足するだけだったら僕、こんなに本を読んだりしないいんじゃないかって気がして。「こんなにおもしろい本があったよ」って言ったら、その相手が「読む読む」ってまんまと読んでくれたりとか、そこから始まる人とのつながりがうれしいんです。それを努力と言われると努力なのかもしれないけど、でも別に努力してる感じではないんです。

秋元　僕もおさむも、もしかしたら、**人に話したくなるようなことを毎日探してるだけ**かもしれない。

鈴木　（笑）。そうですね。たしかに。

秋元　「これすごいよな」ってことを話したいだけなの。おいしいラーメン屋にみんなを連れてって、「美味《うま》いだろ？」って。別に僕が作ってるわけじゃないけど、自分だけが見つけたようなことを、「な？」っていう、あの感じ。なんだろうね。

鈴木　「共感」ですよね。この仕事の喜びって、きっと、それがすべてですね。片岡さんに、借金の話、おもしろく話せよと言われたときは、さすがにこの人おかしいと思いましたけど（笑）。

秋元　でも、人に話すって実は口で言うほど易しいことじゃなくて、おさむがすごいのは、その不幸話をちゃんとネタにできてること。そのときはつらいと思うよ。だけど、そのトンネルを抜けられる自信が絶対あったんだと思う。状況を俯瞰《ふかん》してる自分がいて、やばいぞこれ、と思いながらどこか冷静に見ている、みたいな。**クリエイティブであるっていうのは、そういう客観性を持つこと**だと思う。

鈴木　今思うと、やばい、ピンチだと思う自分にテンションが上がるんですよね。

秋元　「実はね、おさむ」って親に言われたとき、そこにもうBGMが流れ、カメラのカット割まであるくらい、客観的な自分がいるんじゃない？

鈴木　そうかもしれません。うちの奥さんが、赤ちゃんが残念になっちゃったとき、当然落ち込んでて、僕はただ見守るしかできなかったんですけど、しばらくして、奥さんが、「あれをエッセイに書こうと思う」って言った日があるんです。たまたまその頃雑誌にエッセイの連載を持っていて。

で、みんなに読んでもらうわけだから、当然おもしろく書くわけです。「かなしいけど、おもしろく書く」って奥さんが言った日、すごくうれしかったんですよ。それは僕にも借金のこともおもしろく話すって、そうやって生きてくって、決めた瞬間があるから。自分の身に起きた不幸や悲しみをそこのスイッチに入れてくれた、その感覚が、「あ、いっしょだ」と思って。それって、人に強要はできない。だけど、すごく大事なことのような気がするんですよね。別におもしろおかしく話す必要はないけど、でもさらけ出してしまうことで乗り越えられることがある。だから奥さんが「書く」って言ったとき、僕は安心したんですよ。

そう思うと、自分が好きな人には、比較的そういう人が多いですね。放送作家でたまに僕と同じような状況の人がいるんですけど、借金が……とかって落ち込んでると、がっかりしますもんね。

秋元 そうだな。

鈴木 何してんだよ、こんな場にいながら！　って思います。他の仕事だったら別ですよ。でも、この世界にいるんだったら、**自分の人生に起きたことはそうやってステ**

キなことにしていきたいんですよね。

秋元　それが天職に就いてるっていうことなんじゃないかな。

鈴木　そう思います。

秋元　みんな同じだと思うよ。僕も、車上ドロにあったんだけど、割られた窓ガラスを見たときに、「あ、車上ドロって本当にいるんだ」と（笑）。

鈴木　借金の返済で大変な頃、当時所属してた事務所のギャラの支払いが現金の手渡しだったんです。そのときちょうど税金を払う時期で、税金分の二〇〇万円ぐらいを机の上に置いといたんです。それが、家に帰ったらなくなってたことがあって。めちゃくちゃ散らかった部屋で、そこだけ点々で囲んだように、お金だけ消えてて。えっ？　あれ？　ない？　って。まず彼女に電話して、「お金だけないんだけど、これ泥棒かな」って言ったら、「泥棒でしょ」って（笑）。

泥棒が入ってきた形跡もあったから警察に電話をして、その次にしたことって、カメラを回すことだったんですよね。

秋元　（笑）。

鈴木　「ただいま泥棒に入られました」って自分で実況しながらカメラを回すんですけど、警察がくるまで怖いんですよ、もしかしたら潜んでるかもしれないし。だけど、不安とか心細さを、そういうふうに切り替えるスイッチになっちゃっているんでしょうね。

7

会議ではしゃべり惜しみをしない

「好奇心怪獣」みたいな人たち

鈴木　放送作家って、生き方も含めて放送作家じゃないですか。人生、生き方も含めておもしろい放送作家っていうと、なかなかいないですよね。

秋元　みんな違うところにいっちゃうんだよね。生前、*25景山民夫《かげやまたみお》さんがね、「俺は、四〇になったら辞めるぞ」って言ってたんだよ。僕は「本当ですか⁉」って言いながら内心絶対無理だろうなと思ってたんだけど、ピタッと放送作家を辞めて、『遠い海から来たCOO《クー》』を書いて、直木賞をとった。あれも格好いいよね。

鈴木　格好いいですね。

秋元　青島幸男[26]さんは「おとなの漫画」（フジテレビ）や「シャボン玉ホリデー」（日本テレビ）の売れっ子放送作家時代に、クレージーキャッツの作詞で大ヒットを飛ばす作詞家になり、「鐘」という映画では主演も監督もしてカンヌ国際映画祭に入選し、「意地悪ばあさん」（日本テレビ）で一世を風靡したり、それから参院選に出て、『人間万事《ばんじ》塞翁《さいおう》が丙午《ひのえうま》』で直木賞をとり、都知事になった。こんなに才能がある人はいないよね。

鈴木　「追跡」（日本テレビ系列、ドキュメンタリー番組）のMCもずっとやってましたもんね、都知事に立候補する直前まで。

秋元　建築家の安藤忠雄《あんどうただお》[27]さんもとんでもない人で、僕が「別荘を建ててるときは安藤さん、やってくれますか？」って聞いたら「やるよ」って言ってくれたんだけど、このあいだ久しぶりに会って、別荘の場所はどこがいいですかねって話してたら、「ニューヨークのビルの上、どうや」って。「空中権買って、そこに」って、いくらかかるんだ。

鈴木　ははははは。

秋元　また別のときにばったり会ったら、「秋元さん、淡路島の近くに、すごいええ無人島あんねん！」。

鈴木　はははははは！　発想がすごいですね。

秋元　安藤さんも、お金がほしいとかじゃなくて、おもしろいことをしたい。そういう好奇心の人なんだよね。

「ザ・ベストテン」で学んだこと

鈴木　秋元さん自身は、どうやって好奇心を育ててきたんですか。たとえば「夕やけニャンニャン」[*28]の頃は？　あの頃はフジテレビにすごく勢いがあって、しかもスタッフも優秀なわけじゃないですか。

秋元　そうだね。
鈴木　そういうときの秋元さんは、どういう立場で動くんですか。
秋元　あれは、具現化するっていうのが僕の役割だったね。
鈴木　おニャン子クラブ[*29]がどんどんいろんなことやっていったのは、番組のプロデューサーが決めたんですか。
秋元　そう。笠井（一二、フジテレビディレクター）さんっていう番組の生みの親がいて、彼が言うことを、僕がどれだけ具現化するかだった。
鈴木　じゃあ、誰のソロで歌を出そうとかも。
秋元　全部彼が決めてたよ。
鈴木　そうなんですか。
秋元　僕ももちろん意見は言う。福永恵規《ふくながさとみ》いいねとか、どんなコーナーをやろうとか、会議で好きなことを言っていたけど、全部決めてたのは彼だった。
鈴木　秋元さんにとって、そのときの経験は大きかったですか。
秋元　やっぱり、いろんな先輩を見てて、なるほどなと思うことは多かった。たとえば、「ザ・ベストテン」で、「今日は○○さんはお越しいただけません」って堂々と言ったときに、「あ、この番組当たるんじゃないかな」って思った。

鈴木 ああ、はいはいはいはい。

秋元 同じように、「夕やけニャンニャン」も、「今日は新田恵利《にったえり》ちゃんは中間テストのためお休みです」ってやったんだけど、それまではそんななめた番組、なかったからね。テレビに出るっていうことは、タレントにとっていちばん優先順位が高かった。「ザ・ベストテン」や「夕やけニャンニャン」がそれを否定したときに、おもしろいなと思ったことが、僕が「予定調和はつまらない」ってずっと言い続けてることにつながってる。

鈴木 なるほど。

秋元 それがとんねるずで加速するんだよね。まさかそんなことやらないだろうっていうことをどんどんやっていった。たとえば、「成増《なります》」っていうアルバムは、いきなり「ダビングすんじゃねえよ！」って声から始まる。

鈴木 あのアルバム、びっくりするんですよ。レコードをかけると最初、音が鳴らない。ちっちゃい声で、ぼそぼそ、ぼそぼそって言ってるから、どんどんボリュームを上げてくんですよ。そうするといきなり「ダビングすんじゃねえよ！」ってでかい声が出るから、わっ！　ってびっくりする。まんまと。今そういうCD作ったら怒られるじゃないですか。だけど、当時の僕は、作り手との駆け引きを遊んでる感じがしたんですよね。

秋元　まさにそうだったよ。たとえば、「オールナイトフジ」[*30]っていう深夜番組でオールナイターズっていう素人の女子大生が出ていたんだけど、当時週刊誌か何かで、オールナイターズがバカだって書かれたんだよね。すぐみんなで話して、「私たちはバカじゃない」っていうのをキャッチフレーズにして、本を作ったりした。そういうやりとりはおもしろかったよね。そういう経験がもしかしたら、今の自分を作ってるところがあるかもしれない。

鈴木　あの頃の遊び心って強烈じゃないですか。僕はそれを見て育って、バブルが崩壊した年にこの世界に入ったんですけど、まだぎりぎりその遊び心を受け取ることができた。やっぱり今の若い世代の人たちが、遊び心の中でものを作ったことがないっていうのは、かわいそうだなと思うところがありますよね。

「自分だったらこうやる」

鈴木 今新番組を、三二歳のプロデューサーを中心に若手のチームでやってるんです。この年になってみんなが自分の言うことに耳を傾けてくれるようになっているから、逆に、会議で自分が言ったことが決まっちゃうという罪悪感もあるんですよ。だけど、さっきも言ったように、僕はどんどんしゃべるタイプだし、若手で僕以上にしゃべるやつってなかなかいない。みんな黙っちゃうんですよね。

秋元 おさむはまだ人当たりがいいからいいけど、僕なんかはもう、バカじゃないのっていう目で見るから、もっと怖いと思われてるよ。

鈴木 ははははは。

秋元 このあいだ、NHK－BSで僕を追いかけるドキュメント番組[*31]があったんだけど、それを見てうちのおふくろまで「なんでもうちょっとニコニコできないの」って電話してきたくらい、ずっと怒ってるんだよ。ディレクターも僕が怒ってるように編集してるんだけど。でも、ちょっと言わせてって思うのは、**どんなものでも「僕だったらこうやるな」って考えちゃう**んだよね。だから、申し訳ないと思うんだけど、若者が発言したことに、「なんでそっちへいくかなあ⁉」と思っちゃうんだよね。

鈴木　僕も、会議では自分からいっぱいしゃべるけど、切り捨てるのも早いから、最近は秋元さんのその気持ちがわかるようになってきています。一方で、若手のプロデューサーやディレクターがいろんなことを準備してきてすごく緊張しながらプレゼンしてるのもわかるんですよ。分厚い資料が用意してあるんだけど、数行聞いただけでもうおもしろくないとわかってしまう。残りの説明を聞いてたら、あと一五分はかかる。そういうとき、どうします？

秋元　その時点で切るよ。

鈴木　そうですよね、やっぱり。

秋元　広告代理店の人と打ち合わせをしたりするときも、企画書を一ページずつめくって説明していくじゃない。あの音読が意味ないんだよね。

鈴木　企画書をただ読み上げるの、僕も大嫌いです。見りゃわかるよ、と思う。意味のない会議ほど書いてあることをそのまま読む。とは思うんですけど、そこで打ち切っていいのかって考えてしまうんですよね。とくに若手とやるときは。たとえば、「会議作りをしましょう」「部下がやりやすい上司になりましょう」みたいなこともよく言われるじゃないですか。

秋元　だからヒントを与えてる。おさむもそうだと思うけど、**最初から完璧におもしろくでき上がったものなんて望んでない**よね。最初からすごいアイデアがあるなんて、絶対思ってない。僕たちだって、明日までにすごくおもしろい企画考えてこいって言われたってなかなか出ないよ。それよりも、**雑談してる中で、「あ、それおもしろい」っていうのが出る**んだよね。

鈴木　しゃべるのがいちばんってことですよね。

それに、おもしろいやつはおもしろい。たとえしゃべりが下手でも、書いてくるものか何かに、必ずおもしろさはある。

秋元　そう。それはこちらもピンとくるんだよね。ＡＫＢ48で言えば、ある作家が、

「秋葉原の劇場*32から東京ドームまで、一八三〇メートルなんですよ」と言った。「あ、それおもしろいじゃん」、それさえあれば何か作れる。そういうことだと思うんだよ。

*25 放送作家、作家。一九四七年生まれ。「シャボン玉ホリデー」「11PM」「クイズダービー」「タモリ倶楽部」などの構成を手がける。八八年、『遠い海から来たCOO』で第九九回直木賞受賞。九八年死去。

*26 放送作家、作家、作詞家、タレント、政治家。一九三二年生まれ。「おとなの漫画」「シャボン玉ホリデー」などの構成や、ハナ肇とクレージーキャッツの「スーダラ節」、坂本九の「明日があるさ」などの作詞を手がけた。テレビドラマ「意地悪ばあさん」の青島版は六七〜六九、八一〜八二年放送。六八年の参院選に全国区で出馬し初当選。八一年、初の小説『人間万事塞翁が丙午』で第八五回直木賞受賞。九五年、東京都知事に（〜九九年）。二〇〇六年死去。

*27 建築家。一九四一年生まれ。七六年「住吉の長屋」で日本建築学会賞受賞。代表作に「光の教会」（大阪）、「地中美術館」（香川）、「フォートワース現代美術館」（米・テキサス州）、「表参道ヒルズ」（東京）などがある。

＊28　一九八五年四月から放送されたバラエティー番組。とんねるず、おニャン子クラブなどをスターダムに押し上げた。平日一七時台としては異例の高視聴率を記録。八七年八月終了。

＊29　「夕やけニャンニャン」の「アイドルを探せ」というオーディションコーナーに合格した女子高校生らがメンバーとなった女性アイドルグループ。「セーラー服を脱がさないで」でレコードデビュー。一九八七年九月解散。ちなみに福永恵規は会員番号一一番、新田恵利は会員番号四番。

＊30　一九八三年四月から土曜日の深夜にフジテレビ系列で放送されたバラエティー番組。出演した素人の女子大生たちは「オールナイターズ」と呼ばれ、女子大生ブームの火付け役となった。九一年三月終了。

＊31　「密着！　秋元康2160時間〜エンターテインメントは眠らない〜」（NHK BSプレミアム）。二〇一三年二月一一日放送。

＊32　二〇一二年八月に三日間にわたって開催されたAKB48の東京ドームコンサートの公演タイトルは「1830mの夢」。同月、アルバム「1830m」が発売された。

第3章

「汗」をかくしかない

1
「やる」と「やろうと思った」のあいだの深い川

三〇代前半にしか採れない野菜

鈴木　僕の場合、三〇歳から舞台をたくさんやったんですけど、それは、その年にしか採れない、三〇代前半にしか採れない野菜があるんじゃないかと思ったからなんです。だから舞台になるかならないかは別にして、まずは脚本《ホン》のかたちにしておこうと思ったんです。

秋元　僕がおさむをすごいなと思うのは、放送作家ってみんな、いろんなことを思いつくんだよね。だけど、それをちゃんと書いてかたちにするのがすごい。舞台の脚本を書こうと思ったらどれくらいかかるの。

鈴木　舞台の脚本は、構想してる時間がすっごく長くて。

秋元　楽しいでしょ。

鈴木　締め切りが近づくと、どうしようどうしようと思って焦るんですけど、実際に書くという作業だけで言うとけっこう早い。

秋元　文字に落とすまでの時間がかかるんだよね。

鈴木　構想さえできれば、アウトプットは放送作家は速いんですよ。

秋元　放送作家に会うと必ず、「今度は映画やりたいんですよ」って話を聞くんだけど、「おもしろいじゃん、じゃあ、脚本かプロットだけでも書いて持って来たら、松竹でも東宝でも話してあげるから」って言うんだけど、持ってきたためしがない。

鈴木　僕が小説を書いたのは、品川庄司の品川君が『ドロップ』[*1]を当てたときだったんですよ。小説を書いて、脚本を書いて、自分で映画を撮って、小さい規模の公開から始まったのに最終的に興行収入二七億円上げて。小説を書いてたときも絶対当たらないって言われてたんですよ。品川君が言っていたんですけど、彼のところにやってきて、「品川、俺もやろうと思ったんだよ」って言った人がすごくいたんですって。品川君は僕に**『やる』と『やろうと思った』のあいだって、めちゃくちゃ深い川が流れてるんですよね。わかりますよね?』**って言ったんですよ。僕は「うんうん」ってうなずきながら、結局、自分は小説書くって言って書いてないなと思って、急いで書き始めたんですよ(笑)。

秋元　はははは、それは重要だよね。

新聞小説とドラマ脚本の同時進行

鈴木　でも実際に小説を書くのって死ぬほどしんどいじゃないですか。とくに自分でやりたいと思ってやること、たとえば「ONE PIECE」もそうでしたけど、そういうものこそ大変なんですよね。自分がやりたかったものと、がっつり正面から向き合うって。

秋元　僕はおさむが脚本を書いたドラマ「生まれる。」を観たときに、あの忙しい中でこういうドラマをちゃんとやろうっていうところが偉いよなと思った。「ONE PIECE」はわかるわけ。好きの範疇《はんちゅう》にあるものだから。でも「生まれる。」は、ノリでは書けない。

鈴木　実は、もう連ドラの脚本はやらないって決めてたんですよ。だから、ドラマの話があったとき、最初コメディーを書いてほしいって言われたんですけど、絶対イヤだ、高齢出産のテーマをやらせてくれるんだったらやるって言ったんです。やらせてくれないだろうと思って。難しいテーマだから。そうしたらすぐに企画が通って、マジか、みたいな（笑）。そういうこと、ありません？

秋元　僕も、NHKのドラマの脚本と、産経新聞の新聞小説が重なっちゃったことがある。

鈴木　『象の背中』[*2]を連載（二〇〇五年一〜六月）してたときですね。

秋元　ドラマは「よるドラ」という帯ドラマ枠で、一回一五分だったけど、二〇話もあった。そしてやっぱり、新聞小説はすごく大変だった。

鈴木　新聞連載って、毎日ですか。

秋元　毎日、原稿用紙で三枚ずつくらい。しかも、ふつうは三カ月分くらい、最低でも一カ月分くらいは先に入れるのに、掲載の三日前に原稿入れるのは、新聞連載小説史上、たぶん僕だけだと思う。

鈴木　はははは。

秋元　でも始めるまで新聞小説がそんなに大変だなんて知らないから。マラソンをしたことがない人がいきなり四二・一九五キロ走ってるようなものだから、いつまでにどうするとか、どれくらいの早さでとか、わからないじゃない。あとになってから、林真理子さんに、「秋元さん、新聞小説って、作家でもみんな、相当気合いを入れて、ハラハラしながら書くものだ」と言われた。

鈴木　連載は何カ月ですか？　一カ月ぐらい？

秋元　半年。

鈴木　半年続くんですか!?

秋元　そうだよ、半年だよ。

鈴木　えー！　絶対イヤですね（笑）。

秋元　そこに、NHKの連ドラが二〇話。それを書いてるうちに体調が悪くなってきて、病院に三日くらい入院したわけ。そうしたら、NHKのプロデューサーが美打ち（美術打ち合わせ）にくるんだよ。病院に。

鈴木　はははは！

秋元　当たり前だけど（笑）。「セットだけは決めないと！」って。

鈴木　『象の背中』で書いたことって、ずっと秋元さんが持っているテーマの一つだったわけですよね。父親の死や生き方のような、そういう、自分の中で引っかかって、何か作品にしたいなと思っていることって絶対何個か持ってるじゃないですか。新聞小説書きませんかって言われたときに、すぐにそれがいいって思ったんですか。

秋元　二つ候補があったの。一つは、おじさんの恋愛小説を書こうかなと思ってた。おじさんが女子大生と恋愛に落ちる妄想小説。もう一つが『象の背中』。

鈴木　ははははは！

秋元　どちらにしても五〇歳前後の男の話を書きたかった。どっちにしようかって言ったら、産経新聞が、うちはやっぱりエロじゃないほうでお願いしますと。

鈴木　僕も、最近いちばん書きたいと思ってるのはエロ小説なんですよ。官能小説。渡辺淳一[*3]さんに番組にきてもらったんですけど、あの人本当にエロいんですよね。

秋元　銀座の老舗《しにせ》クラブでの遊び方とかを見てると、やっぱり格好いいよね。なかにし礼《れい》[*4]さんとか、渡辺淳一さんとか、七〇歳をすぎてもまだ、雄なんだよね。

鈴木　渡辺淳一さんに格好よさを感じてしまうっていうのは、なんなんでしょうか。

日本の五〇代がポップ化してる

秋元　おさむは文字を書くのが好きなんだ。

鈴木　好きですね。

秋元　また長編小説を書くの？

鈴木　小説は書こうと思ってます。それとは別に、このあいだ上演した舞台「The[*5]

Name」を見にきた編集者が、この舞台を小説にしませんか、週刊誌に連載しながら、って声をかけてくれたんです。毎週書くのは大変そうだからどうしようかなって思ってたんですけど、秋元さんの新聞小説、休みなく毎日って聞いてちょっと勇気がわきました（笑）。

秋元　そこは気合いだよ。

鈴木　「The Name」は小説にすることは想定してなかったけど、小説として毎週連載するとなると、一回に原稿用紙で一二枚、しかも週刊誌でやるなら、やっぱり楽しんでもらいたいからちょっとエンターテインメントにしなきゃいけないとか、うーん、いろいろ考えます。作家の人と放送作家が違うのは、放送作家としての仕事で打ち合わせや会議がたくさんあって、その合間に書かなくちゃいけない。

秋元さんは忙しくなるのがわかっていて、小説を引き受けるのはどうしてですか。

秋元　一番目の理由は、まずは好奇心。二番目は、**小さな誘いや依頼を断る人でありたくない。**たとえば雑誌からアンケートの依頼をされることがよくあるわけ。ある雑誌に頼まれて、年を重ねた女性についてのアンケートを僕が一生懸命書いてるのを見て、秘書たちは、忙しいのも知ってるし、もう引き受けるのやめましょうって言うけど、なんていうか、取材なら受けるがアンケートは断るみたいな感じがイヤなんだよね。

鈴木 すごいですね。秋元さん、五五歳ですもんね。僕、最近、「日本の五〇代がポップ化してる」って思うんですよ。それは、とんねるずさんの存在が大きいんです。とんねるずさんは五〇代になっても、短パンはいて、ハワイ行って、テレビのバラエティーでビンタしてるんですよ。若手芸人がやるようなことをやって、その場面をいちばんおもしろくしてて、しかもおしゃれだし。精神的にも。日本であいうタイプはなかなかいない。少し下の世代で、とんねるずさんに憧れてる人たちがたくさんいるわけですよ。あの二人が五〇代になったことって、日本人を若くしてると思うんです。

＊1 品川ヒロシ名義で二〇〇六年八月にリトルモアより出版。著者が脚本・監督した映画が〇九年三月に公開された。

＊2　二〇〇五年一月から六月まで産経新聞紙上に連載し、翌年単行本として出版。末期の肺がんで余命半年と診断された四八歳の会社員が、延命治療を拒み、大切な人たちとの関係を見つめ直しながら生きる姿を描く。

＊3　作家。一九三三年生まれ。『失楽園』（一九九七年、講談社）、『愛の流刑地』（二〇〇六年、幻冬舎）、エッセイ集『鈍感力』（〇七年、集英社）など。

＊4　作詞家、作家。一九三八年生まれ。作詞に、ザ・ピーナッツ「恋のフーガ」、細川たかし「北酒場」、ＴＯＫＩＯ「AMBITIOUS JAPAN!」など。九九年、『長崎ぶらぶら節』で第一二二回直木賞受賞。

＊5　二〇一三年一〜二月、本多劇場で上演。息子の命をかけて、六枚の名刺をめぐるスリリングなゲームに追い込まれる。今田耕司とタッグを組む舞台シリーズの第四弾。出演：今田耕司、立川談春、大窪人衛（イキウメ）。

2 スランプをどう乗り越えるか

目の前のハードルを乗り越えてきた

秋元　ありきたりな質問だけど、おさむは「書けない」とか「もうダメだ」とか、そういうスランプみたいなものはないの？

鈴木　僕が最初にドラマの脚本を書いたのは、二〇〇二年の「人にやさしく」っていう、香取慎吾君が主演のドラマだったんですね。フジテレビの大多亮《おおたとおる》（プロデューサー）さんに、「やるんだったら月9だ！」って言われて。それまでに何本か特番のドラマは書いてたんですけど、どちらかというとバラエティーのパターンを持ち込んでたんです。ドラマのプロデューサーと演出家に、「どうせやるなら、今までのパターンを全部捨てて」って言われた瞬間にパニックになりました（笑）。どういうこと？って。つまり、放送作家がドラマを書くんじゃなくて、ふつうに脚本家として書けと。そうすると脚本家のほうが上手いに決まってるんです。その瞬間から書き上げるまでの半年は、猛烈につらかったですね。

　コンプレックスっていうか、負けたくないっていう意地を動機にして仕事をし続ける人もいると思うんですけど、僕の場合は、**目の前に高いハードルをどんどん与えられて、越えてかなきゃいけないっていう、そうやって仕事を続けてきた**んですよね。近くにいる人から、一つうまくと、「はい」って次のハードル、ちょっと自分が飛びにくいハードルを用意されて、なんとかそこを飛んできたように思います。

秋元　それはそうかもしれない。一人でテニスを壁打ちでやってたら、あるときから相手は見えないんだけど、誰かとラリーするようになった。壁打ちと違っていろんなところに球が飛んでくるんだけど、打ち返せる自分に「おお！」って感動する。そのうちに今度はテニスボールじゃなくてソフトボールみたいのが飛んできて、「これでも打ち返せるのかな？」ってやってみたらぎりぎり打ち返せたとか、そういう変なことを、ただやり続けてきたような気がする。

鈴木　敗れたことに奮起してもう一回戦いを挑むっていう「少年ジャンプ」方式じゃないんですよ。きっと。

汗をかくしかないと決めた瞬間

鈴木　秋元さんは本当にいろんなことをしますよね。ＡＫＢ48も、新聞小説も。僕自身、ここ一〇年ぐらい舞台や小説などいろいろやっていて、舞台はとくにテレビ局の人がたくさん見にきてくれるんですよ。今は細かいテレビの台本を書くことは少なくなってるんですけど、**本気出したら脚本も書けて、演出もできるんだぞっていうことを、なんていうか、アピールしたくなってしまう若さが、僕にはあるんですよ（笑）。**

秋元　それは僕もまったくそうだった。みんなそうだと思う。僕も、ここぞというときは自分で書いてたよね。おさむとか僕の年齢や立場になると、会議でも、「それじゃ伝わらない」とか、「もっとこうしたほうがいい」とかって言うだけで終わるから、あの人本当は書けないんじゃないのって言われることがあるよね（笑）。だから、ここぞというときは書きますよ。それがたとえば新聞小説だったりね。

脚本を書いた映画「着信アリ」*6をノベライズするときも他の人に書いてもらうという手もあったけど、いやいやいや、それは僕が書くよ、って。ちゃんとできるっていうところは見せないと。

鈴木　秋元さんはもしかしたら、AKB48の会議とかに出て楽しくいろいろ言ってるだけでしょとかって、思う人もいるのかもしれないけど、僕には、秋元さんがちゃんと、こう、汗をかいてる感じがわかるんですよ。

秋元　AKB48はそうだね、まさに。過去には自分の中でブレた時期もあった。テレビ番組って、本当にテレビ局の編成でやるかやらないかが決まる。ただ放送作家でいるだけじゃダメだ、僕たちが自分で力をつけて、資金を持ってやらなきゃダメだと思ったわけ。

鈴木　なるほど。

秋元　そう思ってやってみたけど、結局、僕は、本当に経営に向いてない（笑）。僕の人生で、失われた一〇年を過ごしたと思う。だから、それを一切やめようと思ったときに、**もう、汗をかくしかないと決めたんだよね。**自分が汗をかいて、あの人はやっぱ書けるんだっていうふうにならなきゃいけないと思ったの。

だから、ＡＫＢ48の曲って八〇〇曲近くあるんだけど、全部僕が詞を書いてるんだよ。こだわりみたいなものかな。部屋のインテリアみたいな……。全部家具を揃えてたのに、誰かが持ち込んだその椅子は違うんだよなあ……って感じになる。たぶんみんなそうなんだよ。だからおさむが時々、一〇〇席くらいの小さな劇場で芝居をやるでしょ、おさむほどになればもうちょっといい小屋でできるのになんで、と思うんだけど、でもそこで汗をかけるからいいんだよね。

＊6　二〇〇四年一月公開。監督：三池崇史、主演：柴咲コウ。「着信アリ2」（監督：塚本連平、主演：ミムラ）が〇五年二月に、「着信アリＦｉｎａｌ」（監督：麻生学、主演：堀北真希）が〇六年六月に公開された。〇八年にはハリウッドリメイク版「One Missed Call」が公開。

3

よくない仕事は、自分を追い詰めていく

鈴木おさむを閉じ込めたい

秋元　おさむは今いちばん細胞活動が活発な時期だと思うんだけど、やっぱり、五〇歳くらいで一度どこかで閉じこめたいよね。北海道なのか九州なのか、東京でもいいんだけど。

鈴木　それ、自分でもすごく興味あるんですよ。

秋元　自分の人生を振り返っても、**クリエイターはやっぱり、最終的に孤独じゃなきゃいけない**と思う。人と会ったりしてると、得るものも多いけど、そのときに同じくらいいろんなものを出しちゃってる。

鈴木　すごくわかります。

秋元　どこかに幽閉されて、その部屋に小さな窓だけがあって、マネージャーが取りに行くと、小窓《こまど》からカチャンって、そこから原稿だけが出てくる。本当に悶々《もんもん》とする生活を送ってるんだけど、つまり、ガマの油だよ、全面を鏡に囲まれて、たらーりたらーりと油を流すように自分を絞ることが、絶対どこかで必要だよね。

鈴木　この二日ずっと今度の舞台の脚本を書いてましたけど、自分を追い込むと、気の狂うような感じになってきますよね。書き始めたのは何日も前ですよ、でも、なかなかやる気にならなかったりとか、ソファに座ってくつろいじゃったりとか。なかなかできなかったんですけど、昨日になってバーッと書き始めて、なぜこれを一週間前にやらなかったんだろうって（笑）。僕はそんなことをもうずーっとやり続けてるなと思って。

秋元　放送作家を客観的に見てると、**すごく才能あるやつが、しゃべることで七〇％くらい才能を気化させてしまっている**の。それがもったいないと思うんだよね。それを閉じ込めて熟成させたら、もしかしたらおさむが村上春樹を超える作家になるかもしれない、つかこうへいを超える戯曲家になるかもしれない。

やっぱりテレビって、どうしても拡散しちゃうからね。僕もテレビは好きだからやるんだけれども、やるんだったら、たとえば、何曜日の何時から何時を用意するから、キャスティングから何から好きにやっていい、というときにやればいい。それくらいまでいかないと、何本も何本もやっても、もったいないよ、才能がね。

鈴木　秋元さん、テレビでやりたいことってまだあるんですか。

秋元　もちろん、テレビは好きだから。好きなときに好きなことができる環境までできた、テレビでも映画でも、音楽でも。だから、そのときに何をやるか。そのシチュエーション作りが、この一〇年二〇年なんだよ。

よくない仕事はボディーブローのようにきいてくる

鈴木　初めてドラマを書くときに、バラエティーの仕事を減らしたんですよ。そのときやっていた全部の番組に、半年間休まなきゃいけないから、クビにするか、半年間お休みさせてくれないかって言ったんですね。そうしたら、半分クビになったんですけど、不思議とちょっと居場所がないなと思っていたものが全部なくなりました。だから、残った番組はすごくありがたかったです。
「いきなり！　黄金伝説。」[*7]のプロデューサーだった平城（隆司、テレビ朝日編成局長）さんなんかは、「いいよ、待ってるから。ギャラも払うから」って言ってくれて。驚いて、「それは悪いですよ」って言ったら、「だいじょうぶ、そこにお金を払ってるから」って言ってくれたんですよね。だからドラマが終わってバラエティーに戻ったときに、今度は、その人たちとのつながりが倍になるんです。

秋元　そうだね。

鈴木　すごくいい経験をしました。本当は仕事がなくなったらどうしようって、すごく怖かったですけど。それでドラマの脚本を書き始めたんですけど、本当にしんどかったです。自分の中でのいちばんつらかった半年間です。自分の能力が追いつかないっていうか、オッケーとは言われるんですけど、それが正解かどうかが自分の中でわからないんですよね。

秋元　うん。

鈴木　番組は当たったたし、結果はよかったんですけど。脚本でも、演出家や監督ががんがん直しちゃって、自分のかたちが残らないなんてことをよく聞いたりしますけど、そういうとき、脚本家ってどういう気持ちなんでしょう。

秋元　でも、それも含めてのクレジットだよね。自分の名前がクレジットされるってことは、そういうことを含んでる。逆もある。自分ではすごく納得していいものを書いたはずなのにボロボロにされて、この作品に名前をクレジットされるのは恥ずかしいと思っても、今さら自分の名前を入れないでくれとは言えない。

鈴木　ありますね。

秋元　それは、僕たちの場合、どこまでこだわるかだね。でもね、一つ言えるとしたら、**よくない仕事はボディーブローのようにきいてくるよ。**

鈴木　本当ですか。

秋元　そうだよ。僕らの仕事のクレジットって、意外なところで意外に見られてる。どんなに小さな仕事でもちゃんとした仕事をすると、「秋元さんのあれ見ました、すっごくよかったです」「ええっ、そんなの見てたんですか⁉」ってなるし、逆に、自分でも納得できないなって思っている仕事は、やっぱりそれを見た人は、この人はダメだろうねっていうふうに思っちゃう。だから、難しいよね。

「あのコメントで一八〇〇円払う人がいる」

鈴木　じわじわくるんですか、やっぱり。

秋元　くるよ。作詞なんかまさにそうで、若いときは、なんであんな才能のないやつに僕は詞の書き直しを何度もさせられているんだろうなとかって思う。でもそれが世の中に出て、作詞家っていう地位を築いていく過程なわけだからしょうがなかった。

おさむの場合は、今はいちばん名前が重要な時期だと思うよ。そこでおさむがいくら、いやこういうふうに頼まれたからなんだって言っても、「鈴木おさむ」だから観る人や楽しみにしてる人がいるんだよ。僕たちが観るときもそうじゃない、スティーブン・スピルバーグって書いてあるから観たのにつまんないな、よく観たら製作総指揮で、スピルバーグ自分でやってないじゃん、っていうことあるじゃない。同じことだと思うよ。

鈴木　最近、映画の推薦コメントを書くことがけっこうあるんですけど、自分で見ておもしろくないやつは書かないようにしてるんですよ。昔、頼まれたからとりあえずと思って書いたことがあるんです。そうしたら、映画パーソナリティーの襟川《えりかわ》クロさんが、「おさむちゃん、あのチラシにおさむちゃんの名前出てたんだけど、あれ、本当に、本気で書いてる?」って言われて。つき合いで書いちゃいましたって言ったときに、襟川さんが、「あれを書いたことで、一八〇〇円払う人がいるんだよ」って。そう言われたときにドキッとしたんです。そういうことが秋元さんが言うところの、ボディーブローになっていくんですね。

秋元　そのコメントで観に行った人が、鈴木おさむはこんなものをいいと思ったのか、って感じてしまうと、今度はおさむが心血注いで芝居をやるときも、そのときのイメージが残っちゃう。

鈴木　うーん、たった一回って大きいですよね。

秋元　全然ジャンルは違うけど、一つひとつをぎゅーっと絞り込むように作って、その関係をいいほうに導いていったのが、たとえば村上春樹さんとか、スタジオジブリもそうだよね。僕らは放送作家だから、そういうふうにはできなかったけどね。

＊7　二〇〇〇年四月、放送開始。ココリコ（遠藤章造、田中直樹）が司会するバラエティー番組。「0円生活」シリーズや「節約バトル」シリーズなどの人気コーナーがある。

4

四〇歳になったら働き方を変えてみる

自分がそこにいないことに気づいた

秋元 おさむは今、四〇歳？

鈴木 四一です。

秋元 まだ先は長いね、あと三〇年くらいやらなきゃいけないね。

鈴木 もうイヤですよ！（笑）秋元さんは何歳までやるつもりなんですか。

秋元　僕はもう早く辞めたいと思ってるけど、まだおもしろいことがいくつかあるから。でも、四〇からは長いよ。**僕にとって四〇歳がどんな年齢だったかっていうと、いろんなものを作ってきたけど、そこに自分がいないと、気づいたときだったんだよ。**それまでは、この時間帯はこういうものが求められてる、これはこういう人たちがほしがってるってことを想像して、自分はおもしろいと思わないけどこういうものが求められてるんだろうな、ということを考えていたわけ。時にはそれがクライアントだったり、テレビ局の編成の人に頼まれた仕事だったりする。でも、自分は大衆のために作ってるつもりだったのに、自分がそこにいないと気づく。だって、自分の番組がオンエアされても観ないいんだから。それは違う、やっぱり自分がおもしろいと思わなければ作るのをやめようと思った。それが四〇歳。

鈴木　ふーむ。

秋元　おさむはだいじょうぶだと思うけど、僕はそこがすごく、境になったかな。

鈴木　でも僕もだんだん、猛烈な興味がわかないものっていうのが、減ってきました。たとえば一五本番組があったとして、前は、自分は興味がないけどビジネスとしてやらなきゃいけないものが半分以上を占めてましたけど、今はそれが減ってきましたね。

秋元　四〇からだから、五〇だな、五〇歳になったら、自分のやりたいことが年間五本あったとしたら、その五本しかやらないっていう、そのスタンスでいいと思う。つまり、もう請け仕事はやらない。請け仕事はなぜよくないかっていうと、おさむが断ったら必ず誰かがやるんだよ。これはつまらない。

おさむがたとえば正月に奥さんとハワイに行って、くつろぎながら、だいたいの一年間のプランを立てるわけ。ここでこの芝居をやろう、ここで映画を一本やろう、ここでテレビをやろう。その企画が開示されたときに、いろんなメディアやエンターテインメント企業から入札されて、おさむさん、この映画決まってるんですか、ぜひうちで、いやいやうちがっていう、つまり、**こちら側がイニシアティブをとるようにしていかないとダメなんだよ。**向こうからきたものは必ず向こうが有利だから。

欽ちゃんの企画書

鈴木　僕、ずっと作ろうかどうかって悩んでる本が一つあるんですよ。「テレビの企画一〇〇」っていうんですけど。まだどこにも出してなくて、やれるかどうかもわからないけど、自分が考えたテレビの企画を一〇〇個書いただけの本なんです。絶対パクるやつがいるだろうなと思うんですけど、それでも、なんかね、それを出したいなと。どう思います？

秋元　おもしろいんじゃない。それに基本的にはパクれないよね。

鈴木　一個ずつ自分の企画を持ってくより、その本を見てもらうほうが早いですし。テレビの企画が一〇〇個、五〇個でもいいんですけど、書いてある本を出すの、ちょっといいなって思ったんです。

秋元　うん、そういうことだよ。

鈴木　そういうことですよね、秋元さんが言ってるのって。

秋元　どうしてそういうことを思ったかっていうと、[*8]萩本欽一《はぎもときんいち》さんの伝説なんだけど、皇《すめらぎ》（達也《たつや》、元テレビ朝日プロデューサー）さんやいろんなプロデューサーが集まって、欽ちゃんの家で麻雀をやるんだって。明け方までやって、そろそろさすがに眠いなっていう時間に、欽ちゃんが足元のあたりから、こう、ね、企画書を見せて、「どうしよっかなあ」って言うんだって。

鈴木　はははははは！

秋元　それで、今日はじゃあ皇《すめ》のところ、テレ朝にやる？　って。これがすべてだよ。そうなりたいでしょ？

僕は今までどんな失礼な扱いを受けようが何をされようが、僕に力がないんだと思ってきた。全部自分に跳ね返ってくる。それはしょうがないと思うけど、その状況を打開するためにはどうしたらいいかっていうことを考えると、**みんなにこれをぜひやりたいって言わせることしかない。**だから、おさむの一〇〇個のテレビ企画の本の中の、七三番をどうしてもやらせてくださいって言わせられるようになったら、まったく状況が変わってくると思うよ。

仕事にならないことをやれ

鈴木　だから、僕はこれから一〇年、相当しんどいだろうなと思ってるんですよね。秋元さんが今言ったようなコンテンツを持ち、それをやろうとするとラクはできないだろうなと思います。流してたほうがラクじゃないですか。

秋元　四〇歳のときは流してたほうがラクだし、仕事もくると思う。でも五〇歳になったときに気づくんだよ。**なんで流してきたんだろうって。**体力的にはそこからのほうがつらくなる。

鈴木　だから、僕も四〇から五〇はしんどいと思うけど、やらなきゃなと思うんです。

秋元　いちばん大事なのは、簡単に言うと、仕事にならないことをやれってことなんだよ。「あいつ、誰にも頼まれてないのに、三年間、誰にも見せないでゲームのシナリオ作ってたんですよ。それがめちゃくちゃおもしろいんですよ」っていうことになったら、あちこちが手を上げると思うよ。でもレギュラーで追われていると、小説書きたいって言ってるだけの放送作家と同じになっちゃうわけ。知らない間にそんなことやってたっていうのが、すごく重要なんだよね。

鈴木　秋元さんも四〇代はそうだったんですか。

秋元　それが僕にとっては、ＡＫＢ48だったかもしれないね。

＊8　一九四一年生まれ。六六年、坂上二郎とコント55号を結成。七五年に「欽ちゃんのドンとやってみよう！」（フジテレビ）が放送開始。八〇年代には「欽ドン！　良い子悪い子普通の子」（フジテレビ）、「欽ちゃんのどこまでやるの⁉」（テレビ朝日）、「欽ちゃんの週刊欽曜日」（ＴＢＳ）などの番組で軒並み高視聴率を獲得した。

第4章

「才能」は誰にでもある

1 おもしろい人生に嫉妬する

人生を振っていきたい

鈴木　僕は才能よりも、おもしろい人生を歩んでるやつに嫉妬するんですよね。一九歳でこの世界に入ってニッポン放送で仕事を始めたんですけど、いちばん最初に受けた衝撃は、その番組にサブ作家が僕以外にもう一人いて、僕の三つぐらい年上の人だったんです。その人が、なべやかんの明治大学替え玉受験[*1]で、替え玉をやってクビになった人だったんですよ。

秋元　ははははは。

鈴木　「こいつなんのやつか知ってるか?」って言われて。あれって世間をゆるがす大ニュースだったじゃないですか。僕はそんな人が日の光を浴びて生きてると思ってないわけですよ。それなのに、「こいつはなあ、替え玉のやつなんだよ」ってみんなが大爆笑して、「すげーだろう」って言うんですよ。えっ⁉って。刑事事件になったし、その人は逮捕されてるわけですけど、この世界ではそれが武勇伝になる、そこに対して僕は猛烈に嫉妬をしたんですよ。

秋元　片岡飛鳥がおさむに、借金の話をおもしろく話してみろよって言ったのと通じるよね。

鈴木　親の借金はやっぱりつらかったですけど、それをおもしろく、と言われたときに、世の中の黒が白になるんだって思いました。子どもの頃とか、不幸に憧れるみたいなことがよくあるじゃないですか。僕の場合は結果的に二五歳ぐらいから激しいほうへ加速していくんですけど、もともとはふつうのスポーツ用品店の息子に生まれたので。もしかしたら芸人さんと結婚したのってそういうコンプレックスもあるのかもしれない。**自分の人生を振っていきたいんですよね。ドキドキしたい。**というのも、三〇歳で借金を返し終わるぐらいのときに、ちょっと焦るんですよ。

秋元　次の何かがほしい。

鈴木　次の、自分の中でのドキドキがほしい。自分の中のアドレナリンが騒ぐっていうか。

負けを認めるほど道が開ける

鈴木　僕よく、嫉妬年表を作れって言うんですけど、**自分が今誰に嫉妬しているかをはっきりさせたほうがいいと思うんです。**

秋元　それはあるね。

鈴木　でもそれは、ライバルとはまた違って。自分が何に対して、こう、ざわっとするか。それをテレビ局の社員に感じることもあります。テレビ局の社員にすごくなりたかったわけでもないんですけど、でも今仕事をしてて、やっぱりテレビを作る上で最終決定権はテレビ局の人にあるじゃないですか。かかわり方にもよるかもしれないですけど、でも、どんな番組をやってても最終的に打ち上げで挨拶するのはテレビ局の人（笑）。放送作家という仕事に対する、「やっぱダメだな、この仕事」っていう、そのさみしさと、そこのよさ、両方を思うんですよね。

秋元　放送作家が現場のディレクターの年齢を超えたときに一つ区切りがあるよね。ディレクターやプロデューサーよりも年齢が下だと、「おさむー！　次はこういうのやろうぜ！」って言われるんだけれども、おさむのほうが年齢が上だったり、あるいは知名度や年収が上になると、そこでちょっと変わるよね。まず、冗談半分本気半分で、「おさむも偉くなっちゃってもう頼みにくいよね～」とかっていうの、ない？

鈴木　あります（笑）。それをいかにそうさせないかっていう。

秋元　放送作家のほうも、「いやいやなんでもやりますよ！」って、今までと変わってない自分をアピールする。だから、放送作家って不思議な職業で、どんなに忙しくても忙しいって言わないよね。

鈴木　やっぱりおもしろいものにかかわっていたいとは思いますよね。「世界の果てまでイッテQ！」[*2]っていう奥さんが出演しているバラエティーがありますけど、やっぱり悔しいですもん。あの番組がどういう会議をしてるか知らないですけど、おもしろいなと思うものに自分がかかわってないことに嫉妬する自分もいるし。

秋元　僕は嫉妬年表は書かなかったけど、**年齢をよく気にしてた。**フランシス・フォード・コッポラが「ゴッドファーザー」[*3]を撮ったのは三〇代前半か、とか。あの時点でもうこれを先に作ってたんだ、っていうのはすごく気になったけど、**僕は人に対する嫉妬がまるでないんだ。なぜかっていうと、僕は、すぐ負けを認めるの。**

鈴木　ほう。

秋元　三谷幸喜《みたにこうき》[*4]の舞台、たとえば「コンフィダント・絆」[*5]を観たときに、上手いなあって思うじゃない。そうすると、舞台で三谷幸喜みたいのをやろうと思わなきゃいい。映画でも、いちばん初めに岩井俊二[*6]の「打ち上げ花火、下から見るか？横から見るか？」[*7]を観たときに、この映像には勝てない、って思うわけ。でも、世の中にはすごいやつがいるもんだなと思って、負けを認めれば認めるほど、すーっと道が開ける。

自分がどっちへ行けばいいかがわかるんだよね。

＊1　一九九一年、明治大学の入学手続きで受験票と学生証の顔写真が異なる学生が見つかり発覚した事件。四学部計二二件で別人が受験していた。替え玉を仲介するなど関与した同大職員ら五人が逮捕・起訴された。

＊2　二〇〇七年二月から日本テレビ系列で放送されているバラエティー番組。「珍獣ハンター・イモト」などの人気コーナーがある。森三中がレギュラー出演している。

＊3　一九七二年公開。出演：マーロン・ブランド、アル・パチーノほか。フランシス・フォード・コッポラは一九三九年生まれ。

＊4　劇作家、演出家、映画監督。一九六一年生まれ。八三年、劇団「東京サンシャインボーイズ」を旗揚げ（九四年から活動休止中）。並行して放送作家としても活動。ドラマ脚本に「やっぱり猫が好き」、「王様のレストラン」（フジテレビ）、大河ドラマ「新選組！」（NHK）など。映画脚本・監督に「THE有頂天ホテル」など。演劇作品に「オケピ！」（二〇〇〇年初演）、「なにわバタフライ」（〇四年初演）など。

＊5　二〇〇七年初演。ゴッホ、ゴーギャン、スーラら若い画家の交友を描く。三谷幸喜は本作により第58回芸術選奨文部科学大臣賞（演劇部門）などを受賞した。

＊6　映画監督。一九六三年生まれ。「Love Letter」（九五年）、「スワロウテイル」（九六年）、「リリイ・シュシュのすべて」（二〇〇一年）など。

＊7　一九九三年八月公開。出演：山崎裕太、奥菜恵ら。

2 「やりたい」「なりたい」と言ってるうちはダメ

昨日の意見は今日変えてもいい

秋元　おさむは東京FMで番組を持ったり、ミツカンのCMにも出ているよね。裏方ではなく、自分が表に出ることについてはどう考えてるの。

鈴木　すごく難しいです。一度TBSの「お茶の水ハカセ」っていう番組でとんねるずの木梨憲武さんとかといっしょに出させてもらったんですけど、夫婦で出てましたし、放送作家としてじゃなく、タレントとして出てるっていう意識だったんですよね。そのとき、二週に一回収録に通うことに、強烈にストレスを感じてました。裏方としてテレビを作ったり、小説や舞台の脚本を書いたり、それだけやっているほうがいいなと思ってるところもあります。でも、表に出てるからこそ広がるチャンスもある。ラジオでいうと、確実に「人との出会い」があります。自分が出ることで得るものが多いんですね。でも、やっぱり……。だから、テリー伊藤[*8]さんとかすごいなと思います。

秋元　すごいよね。

鈴木　テリーさんはちょっと別次元。

秋元　テリーさんは演出がわかっているからテレビに出るとおもしろいよね。

鈴木　そうですね。

秋元　テリーさん、その頃は伊藤さんだよね、「伊藤さん、どうするんですか」って聞いたら、「俺、（ビート）たけしさんみたいになろうと思う、テリー伊藤って名前を変えようと思うんだ」って言ってたから、もともとそういう志向を持っていたんだと思う。「スッキリ!!」[9]とか毎日テレビに出て、タレント業ができるんだからすごいよね。

鈴木 その前からラジオもやってましたしね。

秋元 「サンジャポ（サンデージャポン）」[10]とか、テリーさんがいちばんおもしろいし。

鈴木 TBSで「バラエティーニュース　キミハ・ブレイク」っていう一部生放送の番組でレギュラーをやらせてもらったときに、テリーさんもいてくれたんですよ。そのときに、この人は本当にすごいなと思ったのが、テリーさんが、「おさむさんね、これからテレビに出るわけじゃない。**昨日の意見は今日変えてもいいんだから**」って言ってくれたことがあるんですよ。

秋元 ははは。

鈴木 「昨日の意見は昨日の意見、今日の意見は今日の意見、おもしろいと思ったほうにいくのが、我ら裏方から表に出る人の仕事だから」って。結局僕はそうはなれないんですけど、テリーさんはやっぱりすごいなと思いましたね。

表に出ることで得られるチャンス

秋元　僕の場合は、「夕やけニャンニャン」とか「オールナイトフジ」のとき、審査員として出るか出ないか迫られたわけ。結局、笠井さんに言われて出ざるを得なかったんだけど、でも、出ないほうがよかったなと思うな。

鈴木　本当ですか。でも出たことで、よかったこともありませんか？

秋元　あまりないかな。あれこれ言われるし……。

鈴木　（笑）。たしかに。たとえば漫画家はどんなに売れても表に出ることが少ないですよね。

秋元　絶対そのほうがいいと思う。ただ、表に出ることでおもしろいことがあるっていうのもわかるよね。たとえば、ＮＨＫの六〇周年記念番組の一つの「テレビのチカラ」っていう番組で永六輔《えいろくすけ》*11さんと対談したの。すっごくおもしろかった。そういうときは、たまにテレビに出るのもありかと思うけど、結局は裏方だからね。

鈴木　僕もＮＨＫ六〇周年の番組で、関口宏[*12]さんと、あと慶應大学の村井純さんっていう日本のインターネットを作ったと言われている教授と、社会学者の濱野《はまの》智史《さとし》さんと、四人で座談会するんです。関口宏さんは、『テレビ屋独白』でテレビに辛辣《しんらつ》なことを書いてたから、そのことも話せるといいなと思ってるんですけど。でもそういう企画でもなければ関口宏さんとテレビについてちゃんと向き合って話すことなんてないですよね。

秋元　そういうことを考えると、やっぱり出てよかったのかなっていう気もするな。

四〇〇個の目がめちゃくちゃ怖かった

秋元　おさむはそもそも芸人になろうとは思わなかったの？

鈴木　やっぱり最初から放送作家でしたね。テレビで太田プロのドキュメンタリーをやってて、そこに放送作家さんが映っていたので、ここに行けば放送作家に会えると思って、１０４で太田プロの電話番号を調べて、電話したんです。

秋元　１０４で聞いたんだ。

鈴木　それしかないと思ってたんで。それで前田昌平[*13]さんに会って、「放送作家になりたいです」って言ったら、「最近は芸人の気持ちがわからないやつが多いから、半年間、芸人としてネタを作って舞台に出たらいいよ。そしたら半年後、作家にしてあげる」って言われたんですよ。えぇーっ！　って。それしかないんでやりましたけど。もう、舞台へ出たときの怖さといったら。お客さんはお金を払ってライブを見にくるわけじゃないですか。二〇〇人、たかが二〇〇人なんですけど、その四〇〇個の目がめちゃくちゃ怖いんですよ。

秋元　太田プロライブ？

鈴木　太田プロライブです。（新宿）ＶＩＥＰＬＡＮシアターだったんですけど、お客さんは笑わせてくれと思ってきてる。一回目は全然ウケなくて、二回目はまあまあウケて、三回目もまた全然ダメ。僕は作家になりたいと思ってやってるから、気持ちが出るんですよ。

秋元　（笑）。

鈴木　超怖くて、本当にイヤでしたけど、こんな怖いところで芸人さんはみんなやってるんだってわかった。僕はバカ正直にその方法でしか放送作家になれないと思ったからやったんですけど、ふつうはやらないですよね。いい経験でしたけど、同じことをやれっていうのも違うし、そこを説明するのは難しいです。

だから、よくツイッターに「どうやったら作家になれますか」っていう質問がくるんですけど、それには僕、絶対答えないですね。

秋元　それを言ってるあいだはダメだよね。

鈴木　それを言ってるうちはダメだ、っていうことを書くとまたもめるから（笑）、書かないですけど。

秋元　**どうしたらなれるって人に聞いてるやつはダメで、そこで何かを思いつくやつが放送作家なんだよ。**

＊8 演出家、タレント。一九四九年生まれ。「天才・たけしの元気が出るテレビ!!」（一九八五～九六年、日本テレビ）、「ねるとん紅鯨団」（八七～九四年、フジテレビ）、「浅草橋ヤング洋品店」（九二～九六年、テレビ東京）などの演出を手がける。九三年、『お笑い北朝鮮』を出版。九五年、パーソナリティーを務めるラジオ番組「天才テリーの芸能ダマスカス」（ニッポン放送、毎週土曜日）が放送開始、「テリー伊藤のってけラジオ」（同、月～金）へのリニューアルなどを経て二〇一〇年まで続いた。

＊9 二〇〇六年四月から日本テレビ系列で放送されている朝のワイドショー情報番組。司会：加藤浩次。

＊10 二〇〇一年一〇月からTBS系列で毎週日曜日に放送されているワイドショーバラエティー番組。司会：爆笑問題。

＊11 元放送作家、元作詞家、ラジオパーソナリティー、随筆家。一九三三年生まれ。六一年から放送が始まった音楽バラエティー「夢であいましょう」（～六六年、NHK）の作・構成を手がけ、永六輔作詞・中村八大作曲による「今月のうた」からは坂本九の「上を向いて歩こう」などの歌が誕生した。六七年にスタートしたラジオ番組「永六輔の誰かとどこかで」（JRN系列）は現在も続く長寿番組。九四年に出版した『大往生』は二〇〇万部を超えるベストセラーになった。

＊12　俳優、タレント、司会者。一九四三年生まれ。六三年、俳優デビュー。「スター千一夜」（七〇年、フジテレビ）、「クイズ１００人に聞きました」（七九〜九二年）、「サンデーモーニング」（八七年〜、ともにＴＢＳ）などの司会を務める。

＊13　放送作家。一九五六年生まれ。「８時だョ！　全員集合」や「加トちゃんケンちゃんごきげんテレビ」などの構成を手がける。

3

独自の登山ルートを開拓すべし

「エンターテインメント」は教えられない

鈴木　こいつおもしろそうだなっていう若いやつもいるじゃないですか。いい企画を持ってくるとか。後輩をどう育ててますかとかって聞かれることありません？

秋元　あるけど、僕はぜんぜん向いてないよね。

鈴木　僕も向いてないんですよ。本当にダメなんです。人を育てる能力は僕、皆無《かいむ》だと思います。

秋元　教えてどうなるものじゃないと思ってるからだろうね。僕もおさむも、みんな、山を登ってる。僕はこっちから、おさむはこっちから、僕たちは登ってきた。でもこのルートが正しいわけでもないし、僕は僕の登り方で登っただけだから、僕と同じ登り方をしても僕のスピードにかなわないよ、と思っちゃう。だから、たとえば『もしドラ』の岩崎みたいに、ぜんぜん違うところから登ってくるやつはいる。

鈴木　別の方向から。

秋元　こっちからきたか、って。岩崎はずっと、つまんない小説ばっかり書いてたわけ。昔の子どもがわら半紙に書いて綴じたみたいな、プリントアウトした紙を束ねた小冊子を、スタッフ全員にくれるんだけど、そんなもの誰も読まないじゃない。だけど自分でコツコツやり続けて、『もしドラ』をヒットさせた。そういうことはあるけど、僕が岩崎を育てようとか、そういう意識はなかった。もう少しエンターテインメントにしないと勝てないよ、とは言ったけど、「エンターテインメントとは何か」は教えられないんだよね。結局、フジテレビのプロデューサーだった吉田正樹[*14]の事務所に行ったんだけど、吉田正樹のほうが育て方がうまい。
鈴木 吉田さんは以前から、作り手をプロデュースする能力に長《た》けた人ですもんね。
秋元 やっぱり、ほめるってことだよね。
鈴木 たしかに。自分も結局そうでしたからね。秋元さんもそうだと思うんですけど、僕も、若い頃からいろんな人にかわいがられるんです。秋元さんはその能力が、たぶん異常に高いですよね。
秋元 そうだね。おもしろがられたよね。でも、だから、いろんな番組の会議に呼ばれるんだけど、ずっと「芯を食えない」感じがしてた。「秋元、おもしろいから入れとこう」っていう感じで、主力じゃない。「オールナイトフジ」みたいな、サブカルの匂いがするほうになってようやく、ゴールデンタイムの番組だとちょっと過激すぎることも、ぴたりと合ってきた感じがしたよね。

自分に合うリズムを見つける

鈴木　最近、秋元さんが書く歌詞を聞いていて思うことがあるんです。僕も含め若い人は、歌詞に欲が出るんですよ。でも、AKB48の曲を聞いていると、もっとトリッキーなことができるのに、そうしてやろうっていう欲が感じられない。「真夏のＳｏｕｎｄｓ　ｇｏｏｄ！」ですよ。奇を衒《てら》わずにするっと書けるのは、年齢とテクニックですか。

秋元　タイミングもあるよね。ここは直球を投げといたほうがいいかな、とか、ここはトリッキーにいかなきゃな、とか。そりゃ考えるでしょ。

鈴木　考えますけど、AKB48において、総選挙のような企画はあるけど、曲に関しては、おニャン子やモー娘。のような、トリッキーさが少ないと思うんですよね。だから楽曲が素直に聞けるのかなと思うんですけど。一日に何曲書くんですか。

秋元　一日最高一〇曲だね。

鈴木　書いてて、前の曲とかぶってるなってことあるんですか。

秋元　好きな言葉はあるけど、仕事柄かぶらないようにする。あるいは、同じ言葉でも、言葉の使い方のギミック（仕掛け）を変えることはあるかもしれない。おさむも何曲か作詞してるけど、どうだった？

鈴木　僕は作詞は向いてないですね。

秋元　僕には合ってるんだよね。林真理子さんなんかは「秋元さん、これ小説にすればいいじゃない」とか言うんだけど、原稿用紙八〇枚とか書くことが生理的に合わない。アイデアが思い浮かぶと、それをすぐに歌詞に移しとって、できた、っていうリズムがいい。

鈴木　僕は逆に長尺《ちょうしゃく》がいいというか、短い歌詞の中に入れるというのが……。

秋元　足りない感じがする？

鈴木　はい。大ヒット曲がないから、達成感がないだけかもしれないですけど（笑）。

精度を高めない勇気

鈴木　このあいだ「日経エンタテインメント！」で、東宝の映画プロデューサーの川村元気さんと対談してましたよね。それを読んで、川村さんがどんな小説を書いてるんだろうって気になって、すぐ『世界から猫が消えたなら』を読んだんですよ。

秋元　あの小説を読んだときにおもしろいなと思ったのは、推敲してないなと思ったわけ。僕はそこがすごいなと思った。ふつうはみんなどんどん精度を高めようとするんだけど、そうすると、屋台のラーメンを一流ホテルで作っても美味くないように、大事なものが欠けちゃうような気がする。たとえば、松本隆[*15]さんが作詞した「木綿のハンカチーフ」に、「染まらないで帰って　染まらないで帰って」って繰り返すところがあるじゃない。あそこで二回繰り返すのって、勇気がいるんだよね。やはり松本隆さんは天才だと思う。

鈴木　うーん。

秋元　作詞って限られた中でいろんなことを言わなきゃいけないのに、同じフレーズを二回繰り返すのは勇気がいる。つまり、推敲すると、そういう重複や一見ムダに見える部分をどんどん切ってしまうんだよね。映画でも、だいたいファーストテイクがいい。あそこのカメラがうまくいかなかったとかなんとかって撮り直すんだけど、芝居自体は絶対最初のがいいんだよ。生き物なんだよ、クリエイティブって。あんまり考えすぎちゃうと勢いが削《そ》がれる。「電車男」「告白」「モテキ」って、あの若さであれだけのヒット映画を作った、その川村元気が小説書いたって聞いたら、どんなものなのかなって思うじゃない。で、読むとやっぱり、さすが狙いどころが上手いなと思ったよね。

鈴木 そうですね。説明を省いていくさじ加減も上手いですし、あと、やっぱりすごくロマンチストだと思いましたね。

＊14 元フジテレビプロデューサー、ワタナベエンターテインメント会長。一九五九年生まれ。ディレクターとして「笑っていいとも！」「夢で逢えたら」などを、プロデューサーとして「とぶくすり」「殿様のフェロモン」などを手がけた。二〇〇九年フジテレビを退社、放送作家やクリエイターのマネジメントを手がける吉田正樹事務所設立。夫人はワタナベエンターテインメント社長の渡辺ミキ。

＊15 作詞家、ミュージシャン。一九四九年生まれ。ロックバンド「はっぴいえんど」時代に細野晴臣のすすめで作詞を担当するようになり、数多くのヒット曲を手がけている。「木綿のハンカチーフ」の作曲は筒美京平。

4 仕事は自分の「七人の侍」と出会う旅

テレビ屋の意地

鈴木　僕が最初に本多劇場で芝居を上演したのは二〇〇六年の「うす皮一枚」*16なんですけど、本多劇場って、劇場についてるお客さんがいるんです。やっぱりテレビの人間が舞台をやるとか、映画を撮ることへのアレルギーってすごくありますよね。秋元さんは映画も何本もやってるから、僕以上に経験してるでしょうけど。

秋元　あるよね。「グッバイ・ママ」[*17]で初めて監督したとき、大もめにもめた。もともとは、松竹のプロデューサーだった奥山（和田）さんから、松坂慶子さんで映画を撮りたいから何かないかなって言われたの。松坂さんはすでに代表作もいくつもある女優さんだったけど、九〇年代のその頃はあまりに映画女優すぎて近寄り難さがあった。それで、ジョン・カサヴェテス[*18]の「グロリア」みたいにしたいなと思った。

松坂慶子と子どもという企画に奥山さんも乗って、監督を誰にしようかって、いろいろ候補を出し合ってたんだけど、奥山さんが「秋元さん、やったら」って言って、それで僕が監督をすることになったの。

しばらくしてあるときに、僕がまだカット割を決めてないのに撮影監督がどんどん先にカメラ位置を決め始めたの。さすがに僕がふざけんなと怒って、奥山さんに「僕を降ろすか、あの撮影監督を降ろすか、どっちかにしてくれ」って詰め寄って、大もめにもめたんだけれども、最終的にはすごく仲良くなった。その撮影監督は鈴木達夫[*19]さんっていって、僕が日本映画でいちばん好きな「太陽を盗んだ男」の撮影監督だったの。

鈴木　おおー。

秋元　「田園に死す」とか「青春の殺人者」を撮ったカメラマンなんだよね。達夫さんはよかれと思って先に段取りをしてくれたんだけど、いや、僕は映画が大好きで、監督としてちゃんと自分でやりたいし、こうしてほしいっていう意図があるんだって話し合ったら、そこからは意気投合した。そのときに、向こうは「テレビ屋がきてる」と思うわけだけど、冗談じゃない、**本気で映画撮りにきてるってんだってことを見せないとダメだと思った。**

鈴木　たしかに舞台でもそういうことがありますね。自分の立ち位置をどう持つかっていうのはすごく大事だなって思います。

秋元　初めにきちんと話しておかないと、必ずもめる。専門家がいっぱいいるのはわかる。つまり、みんなが愛して、一生を懸けているものには中途半端では失礼だよね。でも、鈴木達夫さんと仕事ができたことは僕の宝だな。

設計図を勝手に書き換えるやつを求めてる

秋元　一方で、「DOCUMENTARY of AKB48」[*20]という映画のプロデューサーという立場で言えば、高橋栄樹という監督をキャスティングしたところで運命共同体なわけ。そこで僕が、ここは違うよ、こうだよって言い出すなら、僕が撮ればいい。つまり、一人の力なんて一〇〇しかないんだけど、誰かに委ねたとき、うまくいけば一五〇になる。

でも**自分の引いた設計図にこだわっていると、その設計図通りできたとしても一〇〇以下でしかない。**その線引きはすごく難しくて、僕たちの課題なのかもしれないけど、「お前、勝手に窓の位置変えやがったな」とかって思いながら、「でもこっちのほうがいいな」っていうことを求めてるんだよ。

鈴木　僕も自分で映画を撮りたいと思って、プロットもかなり分厚く書いてたんです。でも、いっしょにやろうと思ってたタレントさん、やっぱり芸人さんなんですけど、撮影のスケジュールがとれなくてどうしても無理だということになって。他の人、たとえば役者さんでもいい役者さんがいますよって言われたんですけど、その瞬間に、やっぱり、ちんこが萎えたんですよね。いや、他の役者さんでできるのはわかるんですけどって、急に萎えてしまって。

秋元 それは、その芸人と向かい合って、僕も勝負する、お前も勝負かけないか、今は無理だけど二年後にやらないか、とお互いが納得するまで話すしかないよね。

鈴木 そうですね。本気で話したらやってくれるんでしょうけど、そこまで背負えるか……。でも、そういうことですよね。

秋元 僕が映画をやるとしたら、「七人の侍」[*21]をリメイクする。ジョン・ウー[*22]を監督にして、木村拓哉と、福山雅治と、そこにEXILEのTAKAHIROかATSUSHIか、日本のエンターテインメントの最高峰の人たちを集めてやるっていうときだったら、勝負かけようと思う。日本のコンテンツの力を見せつける企画でね。「レッド・サン」[*23]じゃないけれども、三船敏郎とアラン・ドロンとチャールズ・ブロンソンをいっしょに出そうなんて、頭おかしいと思うじゃない。ああいうのが好き。誰も考えなかったこと、あり得ないと思うことが実現したら、深夜番組だろうが何だろうが、おもしろい。やるならそういう爽快感があるものをやりたいよね。

「自分と違う才能」と出会う冒険の旅

秋元　どこから人に委ねるか、その線引きが僕らの課題かもしれないと言ったのは、ＡＫＢ48と派生ユニットだけで八〇〇曲近く詞を書いているんだよね。もう他の人に任せてもいいいんじゃないですか？　とも言われるし、僕も本当はもう任せたい。でも僕はすごく細かいところまで気になって、全部決めてたんだよ。衣装デザインも自分で描いた。今でこそだいぶゆるくなって、僕じゃなくても動くかなと思い始めてもいる。まだもうちょっとかたちができるまで僕がやらなきゃダメかなと思うけど。でも、そういう細かいことをやればやるほど、どんどん苦しくなっていくのね。もっとプロデューサー感覚の強い人なら、いろんな人に振り分けて任せていくんだろうけど、どこかで職人でしかない。

鈴木　でも、プロデューサーってとてつもない職人だったりもするじゃないですか。僕も本当は細かく自分で作っていくほうが楽しいんですけど、プロデューサー的な役割を求められることも多いから、だいぶ割り切って、若い人と向き合えるようになってきました。

秋元　結局、僕らの仕事は何かっていうと、一つひとつの仕事を積み重ねて積み重ねて、いざ大きな仕事をするときのための、自分にとっての「七人の侍」と出会っていく、そういう冒険をしているってことなんだよね。

五〇歳を過ぎて勝負をかける仕事をするときに、誰を呼ぶか。おさむが映画を作るときに、自分が監督するから、カメラマンはあの人にやってほしい、照明はこの人に、宣伝プロデューサーにはこの人を呼んで、キャストもこの芝居ならこの俳優さんとかって、仲間を集める。あるいはテレビ番組でも、おさむが好きなように作っていいって言われたときに、プロデューサーは誰にして、構成作家はあの三人を入れて、っていうことなんだよね。

今、AKB48は一〇〇％、楽曲もミュージックビデオも、僕がこういうことをやるって決められるけど、それまではプロデューサーやディレクターがいて、彼らの狙いや戦略もあるから、全部自分が決められるわけじゃない。それはそれでいいときもあるんだよ。僕だったらこの曲は選ばないなっていうのを選んでヒットしたこともある。でもやっぱり、最終的に僕らは個人商店だから。

鈴木　そうですね。仲間《バディ》探しをしている感覚はありますね。

＊16　出演：劇団ひとり、山崎静代（南海キャンディーズ）他。

＊17　一九九一年四月公開。

＊18　ジョン・カサヴェテス（一九二九〜八九年）は「インディペンデント映画の父」と呼ばれる映画監督、プロデューサー。マフィアに殺された一家の生き残りの子を託された子ども嫌いの女性をジーナ・ローランズが演じた映画「グロリア」（八〇年公開）は、商業映画としても成功し、ベネチア国際映画祭金獅子賞を受賞した。

＊19 撮影監督。一九三五年生まれ。「太陽を盗んだ男」は一九七九年公開、脚本・監督：長谷川和彦、出演：沢田研二、菅原文太、池上季実子他。「田園に死す」は七四年公開、脚本・監督：寺山修司、出演：菅貫太郎、高野浩幸、八千草薫他。

＊20 二〇一一年一月、第一弾「DOCUMENTARY of AKB48 to be continued 10年後、少女たちは今の自分に何を思うのだろう？」（監督：寒竹ゆり、製作総指揮：岩井俊二）公開。一二年一月、第二弾「DOCUMENTARY of AKB48 Show must go on 少女たちは傷つきながら、夢を見る」、一三年二月、第三弾「DOCUMENTARY of AKB48 NO FLOWER WITHOUT RAIN 少女たちは涙の後に何を見る？」（ともに監督：高橋栄樹）が公開。

＊21 一九五四年公開。監督：黒沢明。出演：三船敏郎、志村喬他。

＊22 映画監督。香港映画「男たちの挽歌」が世界的にヒット、ハリウッド進出。アクション、バイオレンス描写に特徴がある。

＊23 仏伊西合作、一九七一年公開。ウエスタンにサムライが登場するという、異色のアクション西部劇。監督：テレンス・ヤング。

第5章

「夢はかなう」は本当か？

1 夢に諦めどきはあるのか

枯れ落ちた夢の花の上を、僕らは歩いてる

秋元　ＡＫＢ48の高橋みなみが、「夢は必ずかなう、それを自分の人生をかけて証明したい」って言ってるんだけど、夢についてはどう思う？

鈴木　自分の夢を何とするか、ですよね。どういうレベルの夢かにもよると思います。高橋みなみさんの夢は何なんですか。

秋元　「歌手になること」だよね。

鈴木　たとえば「アカデミー賞で主演女優賞をとる」とか、ビジネスマンが「会社の社長になって、一〇億儲けます」とか、鼻で笑われてしまうようなことかもしれないけど、可能性がないとは言えないじゃないですか。でもかなわない夢も実際に、たくさん見てきましたよね。放送作家でも、放送業界でも。枯れて落ちてしまったたくさんの花の上を、僕らは歩いている。

秋元　僕はね、**夢は絶対かなうと思ってる。**どんな夢もかなうんだよ。ただ、まさにおさむが言うように、夢のレベルによる。たとえば女優になりたいっていう夢があるとするじゃない。この夢は絶対かなうわけ。連ドラの主演女優もそうだけど、小さな劇団に所属して、アルバイトをしながら時々舞台に立ってる、これも女優だからね。それを本人が楽しんでやれていれば、「夢はかなった」になる。放送作家でも、何本もレギュラーを抱えて売れっ子と言われる人もいれば、違うかたちで放送作家という夢をかなえたという人もいる。だから、よく「わたしの夢はかないますか」って聞かれるんだけど、僕の答えは「かなうと思う」。ただ、そのかない方が、どこまでなのかはわからないよ、と。野球でいえば塁には出られる、ただ、ホームランなのか、デッドボールなのか、フォアボールなのか、内野安打なのかはわからない。だけど、絶対出られるよって言うんだよね。

鈴木　プロ野球なのか草野球なのかっていう違いもありますよね。

秋元　そうだね。

夢を諦めるのも才能？

鈴木　僕は『芸人交換日記～イエローハーツの物語～』っていう本を書いたとき、「夢を諦めるのも才能だ」ってことをテーマにしたんです。芸人さんの世界も高齢化が進んでいて、三〇歳で売れない人もいっぱいいますよね。なんとかして売れたいと思ってみんながんばっているんだけど、どう考えても、ダウンタウンさんにはなれないって思う人もいるわけですよ。それだって究極的にはわからないですよ？　でも、スギちゃんは出てくるかもしれないけど、とんねるずさんやダウンタウンさんは相当難しいと思う。そういう芸人さんが、経済的なこととかであまりにも困っているのを見ていると、いろいろ考えることが多いんです。夢を諦めて、芸人を辞めて、成功する人もいるし。だから『芸人交換日記』では、**「夢を諦めるのも才能だ」**って書いた。芸能界はちょっと特殊で、一度入るとその夢を諦めたあとも一生引きずる部分があるからつらいかもしれないですけど。ただ、そうは思ってるけど、「諦めたらそこで終わりだ」っていう思いもあるんですよね。

秋元　そうなんだよね。

鈴木　だから、僕が「夢を諦めるのも才能だ」って書いたことに対して、当然、反論する人もいるんですよ。「おさむさん、気持ちはわかるけど、諦めたら終わりじゃないですか」って。いや、それもわかる、と。次の道もあるよって言ってあげようと思っちゃう僕は、もしかしたら、ある意味やさしくて、ある意味残酷かもしれない。

秋元　僕は、やっぱりそれはやさしさだと思うけどね。ただ、僕たちは九九％は売れるか売れないかがわかると思う。でも一％、「まさか」っていうのがあるからね。

鈴木　おととし、僕がすごくかわいがっていた芸人さんが辞めたんですよ。高校の後輩でもあるんですけど、腕があって、ブレイク寸前と言われていたんですよね。芸人仲間からも舞台でのおもしろさは認められていました。僕も止めたし、みんなも止めたにもかかわらず、最終的に辞めると決めた。

彼が言ったのは、「もともと芸人になろうと夢見たのは、明石家さんま、とんねるず、ダウンタウン、になりたかったからだ」と。芸人はみんな、日本でいちばんおもしろいと言われたいと思って芸人になっている。そこで、自分で順番をつけてみたらしいんですよ。おもしろい順。そうしたら、自分は一〇〇〇位にも入らない、と。自分よりおもしろいと思う芸人が一〇〇〇人以上いたって言うんです。「自分は必ず売れるという自信がゆらいだ。仮にちょっと売れたとしても、二番手、三番手でもすごいけど、五〇位、六〇位までも行けないかもしれない。半端な位置で満足するのは何か違うんじゃないか。芸人を続けるために芸人をやるっていうのは何かおかしいんじゃないか。だから僕は辞めます」と。

「夢のレベル」じゃないですけど、目指してきたものに届かないと思ったとき、自分の夢のレベルを落とすのではなく、辞めることを選ぶって言われたときに、すごく僕は、納得がいったんですよね。

時代が振り向かないと意味がない

鈴木　彼がもともと持ってた夢をかなえられなかったのは、もしかしたら才能がなかったのかもしれない。芸人さんって、M－1グランプリ[*1]で優勝する、キングオブコント[*2]で話題になる、そういう、「0を1にする」きっかけがあって売れていくことが多いから、そのちょっとした運があれば……けど、運も才能と考えたら……わからないです。

とんねるずさんとかダウンタウンさんとかって、早いうちから強烈におもしろかったじゃないですか。もちろん遅咲きでブレイクする人もいるし、キャリアの後半になってまたおもしろくなる人もいるから、わからないですけど。でも、なんていうか、**自分の夢のレベルを見極められることも、僕は才能であり、天職につながる道なんじゃないかなと思っていて。**

秋元　だからやっぱり、才能よりも運が勝ると僕は思うんだよね。その芸人を引退した彼が**すごい技術を持ってても、時代が振り向いてくれないと意味がない。**

たとえば、とんねるずに最初に会ったのは日テレのリハーサル室だったんだけど、「モーニングサラダ」[*3]っていう情報バラエティー番組で、宮下（康仁）さんっていう先輩の放送作家に、「『お笑いスター誕生!!』[*4]に出ているとんねるずっていうのがおもしろいから、ちょっと秋元、見に行ってくれ」って言われて、リハーサル室に行ったわけ。じゃあちょっとネタやってって、まあ、オーディションだよね。

彼らのネタを見たときに、僕は、この人たちおもしろいなと思った。それまでお笑いっていうのは、下から見上げるような、「こんなこと言っちゃってすいません」っていう笑いだったの。でも、あのでかい二人が、背が低いほうの憲武だって一七八センチあるからね、それが、笑えよ、って感じでネタをやる。あの、ある種暴力的な感じ。これ新しいな、って思った。その「これ新しいな」があるかどうかなんじゃないかな。

鈴木　そうですよね。

＊1　二〇〇一年から一〇年まで開催された漫才のコンテスト。決勝大会は朝日放送制作、テレビ朝日系列で放送された。出場資格は結成一〇年以内のコンビであること。第七回大会で敗者復活戦から優勝したサンドウィッチマン、第八回大会で二位のオードリーなど、ここから知名度を獲得したケースも多い。

＊2　二〇〇八年から開催されているコントのコンテスト。決勝大会はTBS系列で放送される。出場資格は二人以上のグループであること。審査は準決勝進出者一〇〇人が無記名で採点する。

＊3　一九八一年五月から日本テレビ系列で毎週土曜日の朝に放送された情報番組。司会：西城秀樹。八五年三月終了。

＊4　一九八〇年から八六年まで放送されたお笑いオーディション番組（日本テレビ）。とんねるずはこの番組で「10週勝ち抜きチャンピオン」になりデビューした。ほかにB&B、シティボーイズ、ウッチャンナンチャンらを輩出した。

2 自分を信じる「イタさ」を持つ

常にかかとを上げていろ

秋元　新しさで言うと、たとえば、T&G[*5]（テイクアンドギヴ・ニーズ）の社長の野尻《のじり》（佳孝《よしたか》）が結婚式をプロデュースする会社を作ろうと思ったときに、お金がなかった。それで、会社の概要と、レストランを借りてハウスウェディングをやるっていう結婚式のコンセプトを書いた企画書を用意して、クリスマスの日に、サンタクロースの格好をして、投資家たちが集まる店に行くわけ。そこで、「メリークリスマス！」って企画書を配って、その中の人たちに何億円か出資してもらったんだって。

鈴木 その発想ってすごいですよね。

秋元 クリスマスの日に投資家のところに行って、お金出してくださいって言おうってところが、おもしろいよね。コンセプトの新しさもあったと思うけど、つまり、こんなやつら見たことないと投資家たちは思ったと思うんだよね。

鈴木 ムダ打ちになるかもしれないけど、それをつらいとも思ってないんですよね。

秋元 バスケットボールをやるとき、常にかかとを上げてろって言うじゃない。それだと思うよ。そのかかとを上げてる分が、努力なんだと思う。だからそれは大前提で、彼らが投資家が集まる店をリサーチしたりするのも、当たり前にやってるんだと思う。

鈴木 僕たちもよく聞かれますよね。**情報収集はどうやってるんですか**って。

秋元 いろんな本を読みなさいとか、映画を観なさいとか、そんなこと言ってる時点でダメなんだよ。**そんなものやってるのが当たり前で、それが好きな人たちが集まってるわけだから。**

鈴木　本当に、それが好きだから、ミーハーだからこの世界入ってるわけであってね。だから、すごくいろいろ見てますねって言われると、恥ずかしいんですよ。新しいことにアンテナを立ててるんですね、って言われるんだけど、いやいや、アンテナを立ててるんじゃなくて、そういう世界が好きだからやってるわけですからって。

「イタい」と思われることを恐れない

鈴木　やっぱり**夢をかなえるための最初の一歩は、「イタさ」**じゃないですか。親やまわりに無理と言われてもそこに進めるイタさ。信じ抜けるイタさっていうか。

秋元　不器用な人が成功するんだよね。不器用な人がトンネルを掘り始めたら、そのトンネルしか掘らない。器用な人は、こっちじゃないな、こっちじゃないなって、不器用で、掘る場所を変えちゃう。だから、元AKBの前田敦子みたいな子を見てると、不器用で、きっとAKB48しか信じるものがなかったんだろうなと思う。そういうところから始まっていったわけだよね。だから、自分にはこれしかないって信じることじゃないのかな。

鈴木　[*6]東京ガールズコレクションを最初に作った大浜史太郎《おおはまふみたろう》さんっていう人がいるんですけど、僕の一つ上で、彼らがまだ五人ぐらいで六本木でやっていたときに、知り合いのつてで会ったんですよね。きったない事務所で初めて会ったとき、その人がいきなり携帯を出して、まだショートメールしかできない初期の携帯ですよ、「僕は将来、これでテレビ局を作ろうと思っているんで、協力してくれませんか」って。そのとき僕、こいつは絶対詐欺師だと思ったんですよ（笑）。

　そう思ったけど、すごくおもしろいから、この詐欺だったら一回乗ってみてもいいかなと思って協力したんです。だって、目がギンギンに輝いてたんですよ。その人が数年後に東京ガールズコレクションを立ち上げたんです。

　秋元さんは僕以上にたくさん見てきていると思うんですけど、そういう人ってある意味、いい感じでイタいですよね。信じてますもん、自分を。

秋元　そうだよね。最終的には、やるかやらないかしかない。やったやつが、成功するんだよ。

＊5　結婚式事業を行う会社として一九九八年設立。創業者は野尻佳孝。ハウスウェディングという結婚式スタイルのパイオニア。

＊6　女性向けリアルクローズの大規模なファッションショー、および販売イベント。二〇〇五年八月に第一回を代々木競技場第一体育館で開催。沖縄、名古屋、宮崎、北京などでも開催されるようになっている。

3 夢がかなうイメージを持っている人は、強い

「一〇年後すごいことになってる自分」をイメトレする

秋元　僕は長いあいだ、普通の女の子、男の子だった人たちがある日突然スターになっていく瞬間を、特等席で見てきた。とんねるずも、おニャン子クラブも、菊池桃子[*7]もそうだった。青山の喫茶店のレジのところに中学生の女の子の写真が飾ってあって、たまたま当時の事務所の社長が目をとめたんだよね。これ誰？　って聞いたら、うち

の姪《めい》なんですって言われて、そのままスカウトした。そんな、何でもない子がスターになっていくさまをずっと見てきた。そうすると、スターになるってどういうことかとか、何が起きるかっていうことがわかるようになってくるんだよね。

たとえばセガの湯川専務のCMのときも、じつは最初は社長にやってくださいとお願いしたの。ところが、社長の入交《いりまじり》*8（昭一郎《しょういちろう》）さんは、テレビには出たくないと承知しなかった。それで、広告代理店からは役者でやりましょうという意見も出たんだけど、僕が役者じゃダメだ、本物じゃなきゃつまんないんだって言ったときに、湯川専務と目があったわけ。「湯川専務お願いします。でも湯川専務、これに出たらすごい人気出ちゃいますよ。絶対写真週刊誌とかに追いかけられますよ」って言ったんだけど、みんな本気にしないわけ。で、CMが放送されたら案の定大スターになって、フライデーされた（笑）。

そんなふうに、無名の人がスターになっていくさまを僕はずっと、数限りなく見てきた。AKB48の子たちにも、「紅白に出たりレコード大賞をとったりする日がくるかもなあ。そのときにもう疲れたとか休みがほしいとか言うなよ」って言ってたの。

彼女たちも「絶対言わないですー」って言ってたんだけど、今やみんな、「今日スケジュールきつすぎるー」とか言うようになった。

鈴木　はははは。

秋元　アイドルって、たとえば姉妹がいると必ず、その妹なりおねえちゃんなりがデビューするんだよ。芸能界なんて絶対わたしたちには関係ないしあり得ないと思ってたのが、「おねえちゃんで売れるの？」「妹で売れるの？」って、急に親近感を持つようになる。わたしにも可能性があるんだと。

つまり、どんな人にも可能性があるんだよ。ビジネスでも、起業家でもそう。初めの段階では、みんな自分の可能性に気づかないんだよ。自分がスターになるとか、仕事で成功を収めるとか、まさかのちにこんなことになるなんて誰も思っていない。親もだいたいそうだよね。あなたが女優になんかなれるわけないとか、あなたにこんなことできるわけないとか。だからみんな、夢をかなえるのは無理だと思ってるかもしれないけど、**本当にかなえたかったら、一〇年後にはすごいことになっているってイメージトレーニングをしなきゃいけないんだよね。**

目に見える手応えがほしい

秋元　ＡＫＢ48も、本当は僕の名前を出さないでこっそりやって、あるときテレビ局の編成の誰かに、「秋元さん、秋葉原にすごいのがいるんですよ」って言われるっていう場面をイメージしていた。ドコモのＣＭが決まったからそうはできなかったんだけど。もっとさかのぼると、ニューヨークに住んでいた当時、「The Fantastics」[*9]が格好よくって、オフブロードウェイに観に行くんだけど、小さい劇場だから五〇人くらいしか観れないわけ。あるとき、観終わって、レコードやポスターを買って外に出たの。そうしたら、さっきまで舞台に立っていた役者が、ブルゾンをひっかけてしれっと帰っていく。格好いいな、と。エンターテインメントって本来こうだよな、って思った。たぶん、おさむも舞台をやっているからわかると思うけど、夢の遊眠社[*10]とか第三舞台[*11]とか演劇集団キャラメルボックス[*12]とか、小劇場でやってた劇団が、どんどん大きくなっていく感じっていいなって思うじゃない？　視聴率は目に見えない。もちろん数字を知ることはできるけど、お客さんが劇場を何重にも取り巻いて並んでいたり、あのチケット取れない？　と頼まれるようになったり、そういう勢いが目に見える感じがいいと思った。

鈴木　たしかに、舞台のギャラってとてつもなく安いですけど、それでもやるのは、舞台のチケットってすごく正直だから、視聴率ではわからないパワーとか、いろんなことがわかるわけです。この芸人さんはテレビに出ていなくてもチケットは売れるんだとか。出る人も、そこでウケたかウケなかったかっていう、シンプルに結果が出る。

秋元　僕らがテレビという数字の世界でやっているからかもしれないけど、そういう**確かな手応えがほしいと思ったことがAKB48につながったのかな。**後付けでしかないかもしれないけど。

鈴木　このあいだ、急にうちの事務所に大量のファックスが送られてきたんですよ。見ると「[*13]劇団鹿殺し」って書いてあるんです。「鹿殺し」って字面《じづら》が物騒だし、何かと思うじゃないですか（笑）。そのときは知らなかったんですけど、今かなり頭角を現してきてる劇団らしいんですよ。でも、そのファックスを最初見たときは、チラシでもないし、なんだろうと思って。読んだら、僕あてに、「劇団の名刺代わりになる作品が今回できたから、どうしても見てくれないか」って書いてあるわけです。そんなふうに言われると、純粋に見てみたいと思う。彼らも、**自分たちのやっていることを信じていて、夢がかなうイメージをちゃんと持ってるから、強いんだと思うんですよね。**

一流の人は自分に飽きない

鈴木　「ONE PIECE」の映画の脚本を書いたときに、作者の尾田栄一郎《おだえいいちろう》さんと会わせてもらったんですけど、尾田さんは「ONE PIECE」しかやっていないんですよね。一日二〇時間くらい、ほとんど寝ないでマンガを書いて、一週間過ごすんですよ。プロットを作る過程で今後の「ONE PIECE」のプランを聞いたら説明してくれて、それで、「これ、おもしろくないですか⁉」って言ったんですよ。**自分がこれから書く物語を、おもしろいでしょって言えることに、僕、しびれたんですよね。**僕は臆病なので、「よくわかんないですけど」「おもしろいかどうかわかんないですけど」とかって、目線を下げてプレゼンしようとするのに、尾田さんは自分の描くものに自分がいちばん興奮してる。しかもちゃんと商品として売りたいという気持ちもついてきてるから、僕はびっくりしたんですよね。一つのものをずっと作り続けて、ヒットさせたいという尾田さんの思いに。

秋元　一流の人たちはみんな努力をしてるから一流なんだと思うよ。僕はイチロー選手ってすごく好きなの。あのストイックさっていうか。たぶんおさむもそうなんだけど、**一流の人は自分に飽きないのよ。**それがすごく大変なんだよね。

人って必ず自分に飽きるわけ。たとえば、僕もずっと歌詞を書き続ける。今までに四千何百曲。そうすると、違うことをやろうかなとか、いろんなことを思うわけ。でもイチロー選手は、かつて、毎日同じカレーライスを食べて、球場に通ってたじゃない。淡々とやり続けるってことが一流であり、プロフェッショナルであるってことなんだと思う。なんかうまくいかないっていう人たちは、どこかできょろきょろしてるんだよね。

いいときでも悪いときでも、淡々とやっているうちに、運がくる。かかとを上げずに休めの姿勢でいて、運がきたよっていってから動いたんじゃ、間に合わないんだよね。

＊7　一九八三年、アイドル雑誌「Momoco」のイメージガールとして活動を始める。同年、映画「パンツの穴」で女優デビュー。歌手としては「卒業－GRADUATION－」、鈴木雅之とのデュエット曲「渋谷で5時」などがある。

＊8　エンジニア、実業家。一九四〇年生まれ。六三年、本田技研工業入社、F1用エンジン開発、低公害のCVCCエンジン開発に携わる。九三年、セガの副社長に、九八年、社長に就任。

＊9　「The Fantastics」はニューヨークのオフブロードウェイで上演されたミュージカル。若い恋人同士が一度は別れながらも、成長して真実の愛を見いだすストーリー。一九六〇年の初演から二〇〇二年の終演まで、四二年間で一七一六二回上演の史上最長ロングラン記録を持つ。

＊10　一九七六年、東京大学演劇研究会を母体として結成。主宰・野田秀樹の作品を上演。若者を中心に圧倒的な支持を受け、一大ブームを巻き起こす。八〇年代にはプロの劇団として国内のみならず海外にも活動を拡げる。九二年解散。

＊11　一九八一年、早稲田大学演劇研究会の学内アンサンブルとして旗揚げ。主宰・座付き作家・演出、鴻上尚史。「夢の遊眠社」と並び小劇場ブームの中心的存在に。二〇〇一年、活動封印。一一年、封印解除兼解散公演を行った。

＊12　一九八五年、早稲田大学の演劇サークル出身の成井豊（脚本・演出）、加藤昌史（プロデューサー）らにより結成。エンターテインメント性の高い作風で幅広いファンを獲得している。近年は恩田陸、東野圭吾、有川浩などの人気作家の小説の舞台化も行う。

＊13　二〇〇〇年、関西学院大学の学生だった菜月チョビ（座長・演出）と丸尾丸一郎（代表・脚本）により結成。当初はつかこうへい作品を上演したが、第四回公演からオリジナル作品を上演するように。〇五年、活動の中心を東京に移す。

第6章

「天職」との出合い方

1 やりたいことの「種」を育てる

人生のすべてを使って仕事をしてる

秋元　僕たちの場合、文章がうまいとか、ボキャブラリーが多いとかっていうことよりも、何をおもしろいと思うかっていう、そこが大事だよね。つまり、そのおもしろいことを自分が見つけたって人に言いたくなる「言いたくなる病」と、仕事が結びついて、天職になった。

鈴木　「言いたくなる病」はまさにそうですね。

秋元　たとえば、おさむから奥さんの話を聞いたじゃない。あのことをエッセイに書こうと思うと奥さんが言ったときに、自分はうれしかったと。それは価値観が一致したってことだよね。僕は、そうだよな、夫婦ってそうだよなと思った。たとえば、誰かと会ったときに、かみさんが「あの人ちょっと苦手」って言ったときに、「僕も」ってなったり。

鈴木　ちょっとしたことでも一致すると安心したり、うれしくなったりしますよね。きっといくつになってもそういう発見することがあるんですよね。

秋元　夫婦はそういうことの答え合わせをいっぱいしていくよね。だから、おさむの話を聞いたときに、僕はこの先誰かの結婚式でスピーチをすることがあったら、「夫婦というものは、生涯にわたって答え合わせをするものです」っていうことを言いたいなって、ふと思った。

鈴木　なるほど。僕たちは人から聞いた話、自分の体験、そういうことを全部、自分のものとしていきますよね。自分の人生の断片が、何かのかたちになって、それを商品として生み出しているわけじゃないですか。だから僕たちにとってはそれが天職なんじゃないかと思います。

「やりたいことがない」って本当？

秋元　一般の人はどうやって天職を見つけていけばいいんだろう。

鈴木　最近、「今の二〇代の子はやりたいことがない」ってよく言われるじゃないですか。

秋元　うん。

鈴木　そのことについてはどう思います？　本当にそうなんでしょうか。僕は、やりたいことがないって言うけど、何か「種」はあると思うんです。

秋元　そうだね。

鈴木　**やりたいことの「種」はあるのに、自分で消してしまっている。**もちろん、僕らが育ってきた環境より、日本は不景気だし、大変な状況にはなっているけど、だからこそ「種」は絶対にあるんじゃないかなと思うんですけどね。

秋元　まさにそうだと思う。「種」はあるんだけど、それに水をあげて、養分を与えても、無理だろうなって思ってしまうんじゃないかな。そうするとその「種」を見ないようにしてしまう。だから「やりたいことがない」になっちゃう。たとえば、「君かわいいから女優になれるよ、ならない？」って言ったらたぶん「女優やりたい」ってなるじゃない。あるいは、「作詞家にならない？」って言ったら「やりたい」って言うと思うよ。

でも、すべてのものの中からそれを選択するほど、信じていないんだと思う。未来を。

鈴木　高校三年生のときに、僕のサッカー部の友だちの進路希望が、公務員だったんですよ。田舎にしてはまあまあの進学校だったので、高卒で公務員を選ぶって、あんまりなかったんです。ふつうは、大学に行って、有名な会社に入りたい、格好いい職業に就きたいって思ってた時代だった。高卒で公務員を選ぶのは、もしかしたらちょっと恥ずかしいぐらいの感覚だったかもしれない。だけどそのときに、高校の先生が

「日本は将来的に公務員になるのが難しい時代が必ずくる」って言ったんです。そんなこと当時の高校生は誰も信じないわけですよ。でも今、現実にそうなって、しかも今の中学生になりたい職業を聞くと、公務員ってベスト3に入っている。僕らの時代では考えられなかった。だから、そういう価値観を持っている子どもが多いわけですよね。

秋元　そうだね。

鈴木　ということは、たぶん、自分のやりたいことの「種」を人に見せるのが、僕らのときよりもっと恥ずかしいだろうなと思うんです。

秋元　昔だったらもっと無邪気に「野球選手になりたい」と言えたよね。

芸人が安全パイな職業に見える時代

鈴木　今、芸人さんの数が多いじゃないですか。芸人さんっていうのは意外と安全パイな職業に見えているんだと思います。

秋元　なるほど。
鈴木　なりたい職業のアンケートを見ると芸人さんがけっこう上位にいますけど、意外とすぐなれると思われていたりする。
秋元　僕たちからすると芸人の大変さがわかるじゃない。まず売れるのが大変だし、売れ続けるのはもっと大変。
鈴木　芸人さんを続けること自体も大変ですけど。
秋元　でもラクに見えるんだね。
鈴木　テレビで見る芸人さんはいい部屋に住んでいますしね（笑）。
秋元　そこが天職の一つの境界線なのかもしれないけど、クラスでちょっとおもしろいやつとか素人でちょっとウケるくらいの人たちと、プロのあいだって、すごく深い川が流れていて、僕たちから見ると越えられない差なんだよね。
鈴木　よしもとのお笑い学校のNSCの学生って、たまにお笑いライブを見にくるんですね。まあ、笑わないんですよ。なぜなら、自分のほうがおもしろいと思ってるから。どんな先輩の舞台を見にきても、とんがって、斜に構えた感じで見るんです。

秋元　（笑）。

鈴木　でも二年も経つと、みんな一回はすべってるから（笑）、舞台に立ってひと笑いさせること、もっと言えば、お客さんの目を見ておもしろいことを言うってことがどれだけ大変かってことに気づくんです。

秋元　一億総お笑い化じゃないけど、たまたまレストランのトビラの向こうで、合コンの得意気に場を仕切る声が聞こえてくると、いたたまれなくなるよね。

鈴木　恥ずかしくなっちゃう。なんか、悲しくなっちゃいます。でも、彼らが楽しければいいかって思うんですけど。

秋元　でもそれで、天職だと思っちゃう可能性だってあるよね。

2

天職に就くとはどういうことか

「夢の種」を見つけたことがいちばんの「運」

秋元　放送作家にならなかったら何になってた？

鈴木　実家を継いでたと思います。うちの母が、「あんたが放送作家になってなかったら一家心中だった」ってよく言うんですよ。ふざけるなって怒りますけど（笑）。でもやっぱりうちを継いでいたと思う。

秋元　でも、おさむならそれはそれで成功してたと思うよ。いろんなイベントをやって、それがあたって人が集まる、おもしろいスポーツ用品店になってたと思う。

鈴木　ふつうにはやってなかったと思いますけどね。でもやっぱり、僕にとって何がいちばんのラッキーだったかって考えたら、放送作家になりたいという気持ちが中学生という早い時期に出たことですね。

秋元　「種」を見つけてたってことだね。

鈴木　放送作家っておもしろいなって思えたことが、いちばんの自分の「運」ですね。

秋元　僕は、仕事を始めたときに高校生だったので、自分はアルバイトなんだってずっと思ってたことが、最大の強みだった。

鈴木　ああ、それは強いですね。

秋元　何をやっても、「だって僕はアルバイトだもん」ってずっと思ってた。だから、変なことでも、そんなのできないよってことでも、平気で言っていられた。それが、とんねるずだったり、オールナイトフジだったりするわけ。

タレントで「天職」の人は意外に少ない

鈴木　秋元さんから見て、この人、天職に就いてるなと思う人って、誰ですか。

秋元　やっぱり、*1宮崎駿《みやざきはやお》さんがそうだよね。ジブリのプロデューサーの鈴木敏夫*2さんも天職だと思うよね。

鈴木　僕が思うのは、とんねるずさんって、天職だなと思うんですね。

秋元　そうだね。

鈴木　僕は、タレントで天職の人って、意外と少ないと思うんです。結果売れてはいるけども、がんばってがんばって売れたっていう人が多くて。

秋元　天職とは何かって考えると、僕たちは一日だけ経理をやれと言われたらつらいだろ？

鈴木　つらいですね（笑）。

秋元　それは天職じゃない。

鈴木　そういう意味では僕は放送作家が天職だと思います。他の仕事は向いてない。

秋元　僕にとっても、放送作家の仕事は天職なんだけれども、自分の中ではまだ、無職のイメージも残ってるんだよね。放送作家、作詞家って何なんだろうなと思う。資格や試験があるわけじゃないでしょ。このあいだ、作詞家としてシングルの売り上げ枚数が歴代一位になっちゃったけど、やっぱり僕の中では、[*3]阿久悠《あくゆう》さんを超えちゃいけないという意識があるんだよね。阿久さんの時代とはシステムが違うから本来は比較できないものだと思うし。なんて言えばいいんだろう、阿久さんは本物なんだ。そっちじゃないんだよな、目指してることが。

鈴木　うーん。

秋元　なんなんだろうね。

鈴木　それは、「秋元康」という職業じゃないですか？

秋元　「秋元康」という職業にもう疲れてるんだよ。最近は、もう、いいよ、っていう気持ちがすごくある。

鈴木　昔から、秋元さんのすごく好きなところは、秋元さんはちゃんと「作詞家・放送作家」っていう肩書きを出し続けているんですよ。それを見て僕も、昔から、脚本を書くときも小説を書くときも、何をやるにしても「放送作家の鈴木おさむ」ということを必ず言うようにしてきました。プロデューサーって語りたがる人もいるじゃないですか。でも秋元さんは、プロデューサーではなく、ちゃんと作詞家、放送作家って肩書きにしてますよね。

秋元　だって、プロデューサーって怪しいじゃない。

鈴木　そうなんですよ（笑）。だから、そこがすごいとこなんですよね。

秋元　やっぱり書くことにこだわりたいし、自分は手を動かすしかないと思っているから。

「仕事」が終わったあとに書くか

秋元　成功者と呼ばれる人たちは、やったかやらないか。J・K・ローリングが書き始めなければ『ハリー・ポッター』は始まらないわけじゃない。でも九五％の人は、

「今度、魔法の学校の話を書こうと思う」で終わる。ふつうは、誰にも頼まれていないし、出版できるかどうかもわからないのに書き始めたりしないよ。

鈴木 テレビの演出家で、映画監督の*4三木《みき》聡《さとし》さん、あの人も放送作家なんですよね。映画を撮るようになって、あるとき、あるフリーのディレクターが、「ずっと僕も映画撮りたいと思っているんですよ」って、三木さんに言ったんですって。そうしたら、「簡単だよ、脚本書けばいいじゃん、明日」って言われたそうなんです。で、言われたそのフリーのディレクターはもう何年も書き始めていないんですけど（笑）。

秋元 *5是枝裕和《これえだひろかず》監督もそうだよね。ADをしていた頃はボロクソに言われてたんだって。悔しいし、撮りたいじゃない。それで、休みの日に自分でカメラ持って、ドキュメンタリーを少しずつ少しずつ撮りに行って、それがテレビドキュメンタリーの賞をとった。そのとたんにまわりの見方も変わるし待遇も変わる。

苦しい中でも、自分で撮りに行こうと思うかどうかだよ。僕もそうだったけど、放送作家はレギュラー番組の台本を延々と書いて、書き終わったあとに、どうするか。**飲みに行くか、女の子と遊ぶか、寝ちゃうか。そこで、さらに書けるかどうかの差な**

んだよ。それは、つらいよな。

鈴木　好きでやっているとはいえ、つらいですよね、体力的には。でも机の前に座って、やり始めるとね。

秋元　誰に頼まれているわけでもないからね。

鈴木　夜中に机の前に座って、自分のスイッチを入れられるか。自分の中の「夢の種」に向き合って、無理だと諦めてしまわずに、毎日水をあげられるかどうかだと思うんです。

＊1　アニメーション映画監督。一九四一年生まれ。八五年、スタジオジブリ設立。言わずとしれた日本を代表するアニメーション作家である。

＊2　映画プロデューサー。一九四八年生まれ。七二年徳間書店入社、七八年「アニメージュ」創刊に携わる。八九年にスタジオジブリに移籍。高畑勲、宮崎駿を擁するジブリの全作品でプロデューサーを務める。

＊3　作詞家、作家。一九三七年生まれ。沢田研二の「勝手にしやがれ」、石川さゆりの「津軽海峡・冬景色」（ともに七七年）、ピンク・レディーの「UFO」（七七年）など、生涯に五〇〇〇曲以上を作詞。山口百恵、ピンク・レディーなどスター歌手を輩出したオーディション番組「スター誕生！」（日本テレビ、七一〜八三年）では審査員を務めた。二〇〇七年死去。

＊4　放送作家、映画監督。一九六一年生まれ。放送作家の仕事と並行して、シティボーイズのライブ演出等を手がける。テレビドラマ「時効警察」（二〇〇六年、脚本・演出）、映画「亀は意外と速く泳ぐ」（〇五年、脚本・監督）など。

＊5　テレビドキュメンタリーディレクター、映画監督。一九六二年生まれ。番組制作会社テレビマンユニオンに入社。九五年、映画「幻の光」（主演：江角マキコ）で初監督。二〇〇四年公開の映画「誰も知らない」主演の柳楽優弥が史上最年少で日本人初のカンヌ国際映画祭最優秀男優賞受賞。

3 次の世代に何を手渡せるか

社会とのかかわりで、自分に何ができる

秋元　四〇歳を過ぎたくらいから、**自分は社会に対して何ができるんだろう**、と思うようになった。おさむがお相撲さんを応援したいと思ったのも、そういう年齢になってきたっていうことじゃないかな。

鈴木　そうですね。自分が持っているテレビの力で、こんな人たちを応援することが

できる、なんて言うと偉そうですけど、そんなふうに昔は思わなかった。でも、こちらが何か力になることができたら、逆に、テレビの力にもなると思ったんですよね。

秋元　僕も、最近はそういう仕事が多い。辞めちゃったけど、日本放送作家協会の理事長を引き受けたのも、放送作家にはこんなすごい才能があるのにそれを生かすもっとうまい方法があるんじゃないかな、と考えたからだし。京都造形芸術大学の副学長を務めていたときは、さすがに京都までは遠いし、初めは断ろうと思ったんだよ。だけど大学に行ってみたら、一八歳、一九歳のころの自分がいっぱいいるわけ。タイムマシーンで自分のところに行くように、彼らのところに行って、大丈夫だから、思い切りやりなさいって言ってあげたいな、って思った。昔だったらそんなこと考えないのに、今は思うんだよね。

鈴木　自分の言葉で励みになる人がいるなら、ちょっとくらいしんどくなっても、やってあげたいって思うんですよね。

秋元　昔はそういうのが苦手なタイプだった。だけど、四〇歳過ぎたくらいからそういう意識が芽生えるんだよね。年下には興味がなかったけど、あるときから後輩や学生を、すごく応援したくなったりとか。

鈴木 僕、今はもっと純粋に、この時代に放送に興味を持つ者がいれば何かしてやりたいなと思うんですよね。

秋元 四〇歳っていう人生の折り返し地点にさしかかると、自分みたいに、**特別な才能があるわけでもなく、運でここまできた人間は、何か返さなきゃいけないと思うんだよ**。年を取ると、ちゃんと墓参りとか行きたくなったり。

鈴木 そうですね。僕もあるとき突然お墓参りに行き始めました。

秋元 僕やおさむは、「時代に刺さる」とか「ヒットを狙う」とかっていう仕事をしているけれど、行き着くところは結局、普遍的なものなんだと思うよね。今アメリカで流行ってるサイトや動画とかどうでもいい。時代とともにそんなものは変わる。それよりも、墓参りって何か落ち着くよな、とかっていうことのほうに興味がある。

鈴木 『象の背中』は、がんで亡くなった父親への気持ちがもとになって書いたとおっしゃってましたよね。今後ますます自分の体験とか、かなしみとか怒りとか、個人的な思いがターゲットになっていくのかなと思うんですけど。

秋元　不純な感情かもしれないし、いやらしく思われるかもしれないから、人に説明するのは難しいんだけど、感謝したくなってくるんだよね。本当に、なんで僕はこんなに運がいいんだろうって思ってるから。おニャン子クラブから今のＡＫＢ48まで、やりたいことをやれる環境がある、そのことに感謝したくなる。ご先祖様ががんばってくれたのかな、とかね。幸運だと思うから、バランスをとりたくなる。映画とか舞台とかでやりたいことはあるんだけど、それ以外に、自分が生まれて死んでいく中で、社会とどう接するんだろうっていうのが今は関心事なんだよね。

器に合わせて料理を作ることはしたくない

秋元　年を取ると、ガツガツした部分とか無闇なエネルギーとかがなくなって、後輩や若い人たちのためにどうしてあげられるのかっていうことしか興味がなくなってくる。すごく優秀な若手なのにギャラが不当に少ないこととかあるじゃない。なぜこれだけのギャラでやらされなきゃいけないんだ、とかヘンな正義感や怒りがわいてくる。

ギャラは評価だから、そこでちゃんと認めてほしいという思いがあるんだよね。
それに放送作家の場合、自分が話したことが、知らないうちに他のところで企画になってたりすることもあるよね。そういうことで若い後輩たちを消耗させてはいけないと思うわけ。文化として。テレビと通信の融合が言われてもうけっこう経つわけだけど、そういう時代になったんだから、テレビの視聴率だけでなく、再生回数や広告収入もきちんと考慮に入れて、ギャラに反映されないとおかしいとも思う。
そうすることで初めて、放送作家に限らず、コンテンツの作り手が、余裕を持てるわけじゃない。やっぱり、*6ジェームズ・キャメロンがおもしろいものを作れるのは当たり前だと思うよね。

鈴木　一〇年間企画を練って、きちんと制作費が使えてね。

秋元　インターネットの時代だからテレビはどうのとかいろいろ言われるけど、僕は基本的には関係ないと思うんだよね。モニターがここにあって、そこに何が映るかしかないと思うんだよ。テレビのバラエティーが大変だと思うのは、今はＹｏｕＴｕｂｅとかで自分で撮って自分で発信できるから、世界中のやつがおもしろいこと考えているわけ。でも、テレビは予算とスケジュールの中で作らなきゃいけない。大変だけど、だからプロは平均点が高いとも言えるよね。ＹｏｕＴｕｂｅで膨大な動画の中で当てもなくおもしろいことを探すよりも、このチャンネルを見たほうが、圧倒的におもしろいコンテンツが提供されると保証されている、ということだよね。

鈴木　求められ方が変わってきているというのは感じます。たとえば、ＢＳで、予算も地上波並みにかけて本気でバラエティーを作ってる局ってまだないような気がしますけど、**「視聴率三％でいい、でもその三％の人には深く刺さる番組であればいい」っていう姿勢がそろそろ出てくると思うんですよ。**そうすると、地上波かＢＳか、というようなところで求められ方が変わってくる。でもそこも含めてテレビだから。

秋元　地上波、ＢＳ、ＣＳとか言うけど、料理を入れる器の問題だからね。すごく深いお皿なのでって言われても、それに合わせて料理を作ることはしない。僕はこういうことをやろうというのをまず決めて、そのあとはテレビ局の編成に話す場合もあるし、ＹｏｕＴｕｂｅに話す場合もあるし、あるいは、どこがいちばんのってやってくれるかなって探すということが多いかな。それがうまくいかなければ深追いしないし、時期が違うと思うだけ。

鈴木　同じアイデアをどう使うかっていう考え方もできますよね。同じテレビ画面に映し出されるものでも、地上波で視聴率にこだわらなきゃいけないならこういうかたちにしようとか、ＢＳで狭くてもいいから深く届くことを狙うならこういうかたちで、とか。求められ方が変わっていくのも、それはそれでおもしろいのかなと思います。僕は、料理の仕方を変えていくこともおもしろがってやりたい。

＊6　映画監督。一九五四年生まれ。「ターミネーター」（八四年）、「エイリアン２」（八六年）など。九七年公開の「タイタニック」は映画史上最高の世界興行収入を記録、その記録を〇九年の「アバター」で自ら更新した。

4 運命の糸を見逃すな

三〇歳を過ぎたらグリーンピースは食べない

鈴木 五〇歳は意識しますか？

秋元 してないよ。何も。おさむは年齢を意識する？

鈴木 僕もしてないです。

秋元 とにかく、おもしろく生きたい。毎日興味あることだけをやって、終わりたい。

三〇だろうが四〇だろうが五〇だろうが、**誰もが、やりたいことをやるだけの時間しかないと思うんだよ**。だけどみんな、やりたくないことまでやろうとする。子どもの頃には、好き嫌いはいけません、グリーンピース食べなさい、ピーマン食べなさい、玉ねぎ食べなさいっていうのはあると思うけど、もう、三〇を過ぎたら好きにさせてくれと。一生グリーンピースを食べなくたって、別に大勢に影響はないじゃない。

鈴木 ははは、そうですね。グリーンピースぐらいなら、寿命も変わらないだろうし。

秋元 だから、年を取れば取るほど、もっと好き嫌いが激しくならなきゃいけない。それが美学だと思う。何でも好きですとか、何でも食べますっていうのはダメなんだよ。

鈴木 仕事がつらいなとか、もうやりたくないなと思う瞬間はないんですか。

秋元 そう思ったら辞める。四年前に「小説現代」で連載が始まって、連載第一回だけ書いて休載中、という小説があるんだけど。

鈴木 えっ、それは長い休みですね(笑)。

秋元 その小説のテーマが「潮時」なの。なぜサッカーの*7中田《なかた》英寿《ひでとし》はあそこでサッカーを辞め、一方で、プロ野球のピッチャーの*8工藤公康《くどうきみやす》はなぜ四八歳までやり続けたのか。もともとアイデアのきっかけは、知り合いが定年退職になったことからなんだよ。その会社では定年退職の日って、生まれた月の最後の日なんだって。たとえば僕だったら、五月二日が誕生日だから、五月三一日で終わりになるわけ。

鈴木　へええ。

秋元　そうすると、同期入社のやつとか部下とかが何人か集まって、お別れ会をやって、時計とかくれたりする。それでね、いい話だなと思ったのは、人事部で何がつらかったかって、表立った活躍のない人の功績を書かなきゃいけないことだったんだって。そのときはどうするかというと、本人や周囲とさりげなく話していろんなエピソードを引き出すと。そういう話を聞いたときに、人間って「潮時」があるんだなって、実感した。まずサラリーマンには定年っていう「潮時」があって、あるとき、人事部のやつが若いやつにさりげなく自分のエピソードを聞いているのを見て、自分の「潮時」を悟る、っていう話が一話目。それで、僕が書こうとした二話目もあって（笑）。

鈴木　いまだに書こうとしてる（笑）。

秋元　それは、政治家の「潮時」なの。みんな長くやるからいつを「潮時」と思うのかなと思って。僕たちはいつが「潮時」なんだろう？　そう考えて僕が出した結論は、自分が興味を持てなくなったとき、だった。この人に会いたいとか、こんなことやったらおもしろいなっていうのがなくなったら、絶対辞める。そうじゃない？

鈴木　本当にそうですね。興味があるからやっているのであって、自分に強制してやろうとは思わないです。今はまだやりたいことがたくさんある。

秋元　今は、そりゃ時間のほうが足りないよ。一日が七二時間あったらいいなあと本気で思う。

自分の「本当の声」を聞けるかどうか

秋元　「天職」といかに出合うかということを考えると、やっぱり、自分の「本当の声」を聞けるかどうかなんだよね。当たり前のことのようだけど、これがなかなか難しい。

鈴木　たしかに、そうですね。

秋元　たとえば、わかりやすいことで言えば、雑誌のインタビューで好きな映画を聞かれたときに、これを答えたら恥ずかしいなとか、何が好きって言おうかなって思うでしょ。

鈴木　これを言ったほうが格好いいと思われるだろうな、ってのもありますよね。

秋元　それは「記号」だよね。その映画を見て本当におもしろいと思ったのか。その本当の気持ちにどれだけ素直になれているかっていうのが、「天職」かどうかのいちばん大事なポイントだよね。でもみんな「記号」のほうを大切にする。この肩書きは、親もよろこぶし、親戚にも自慢できそうだし、これがいいはずだって思う。それはそれで悪いことじゃない。たとえ仕事がつまらなくたって、仕事とは別に好きなことをやったっていい。

僕が二〇代前半の頃の先輩で、僕より五つくらい上の放送作家がいたんだけど、お金がたまるとハワイへ行っちゃうの。それで東京に帰ってくると、後輩の僕に「秋元、仕事ない？」って聞いてくるの。すっごく格好いいなと思った。つまり彼にとっては仕事もプライドも関係ないんだよ。それで、ハワイに行って、サーフィンやってるわけ。そんなステキなことないじゃない。だから、**その人にとっては仕事は記号かもしれなくても、仕事とは違う楽しいことがあれば、とてもステキだと思う。**

鈴木　そういう人の話を聞くと、僕は「趣味は仕事です」ってなっちゃうので、さみしいかもしれないですね（笑）。ほぼイコールになっていますから。最近、若手の芸人さんや放送作家の間で、サバイバルゲームのブームがあったんですよ。

秋元　あれはおもしろいの？

鈴木　おもしろいらしいんですよ。ゴルフとかだったらそうは思わないと思うんですけど、サバイバルゲームを楽しんでいるというのに、ちょっと嫉妬している自分がいるんですよ（笑）。本当におもしろいの？　って思うんですけど、僕にはそういうものがないので。

秋元　僕もおさむの気持ちわかるんだよね。たとえば、サバイバルゲームに誘われて、朝早くに行ったとするでしょ。そうすると、これは楽しいんだと思い込もうとしている自分がいる。

鈴木　そうですよね。

秋元　それが恥ずかしいわけ。

鈴木　楽しいんだということを理解しようとしてる。旅行に行って、たいしてつまらないところでも、おもしろかったって、脳で書き換えてるんですよね（笑）。

すぐそばにある「運命の糸」を引っ張る

秋元　『象の背中』を書いたときに、余命半年と言われたら、僕はどうするかなと考えたけど、僕は今、毎日好きなことをやってるから、たぶん、そのままの日常を続けるなと思った。半年好きなことやっていいですよ、って言われても、今が好きなことだから、今の延長でしかないんだよね。逆にあえてハワイとかに行っても、何をしていいかわからないの。

鈴木　僕ももしあと半年の命と言われたとしても、明日も会議に行くんじゃないかって思います。毎週、毎日が違うから、今のままでおもしろいんです。

秋元　そうだね。だからやっぱり、僕たちは今「天職」に就いていると言えるんだと思う。そこに導いてくれたのはやっぱり、九八%の「運」だよね。

鈴木　ただ、「運」を呼ぶためには、うちにじっとしててもダメ。**どれだけ外に出るか、たくさんの人に会うか**ですよね。

秋元　**この本を読んでくれた人の近くにも、よく見るとちゃんと「運命の糸」がそこにあるはずなんだよ。**とくに若い人たちには、その糸を見逃さずに、引っ張ってほしいよね。

＊7　元サッカー選手。一九七七年生まれ。日本代表として九八年フランス、二〇〇二年日韓、〇六年ドイツワールドカップの三大会に出場。九八年以降セリエAでプレーした。〇六年、二九歳で引退。

＊8　野球解説者、元プロ野球選手。一九六三年生まれ。八二年、プロ野球西武ライオンズに入団。ダイエー、巨人、横浜と渡り、再び西武に復帰するが、二〇一〇年に戦力外通告。現役続行を目指したが肩のケガが癒えず、一一年一二月、引退を表明した。

あとがき

僕が中学生、高校生のときに、秋元さんが構成する番組を見て、秋元さんが作詞するレコードやCDをたくさん買っていた。僕は他の人よりませていたので、高校生のときに、将来テレビ界に入り、放送作家という仕事をしたいと思っていた。高校の頃からやりたい仕事が見つかり、そしてその仕事に就けている人って意外と少ないのだなと、遅ればせながら最近気づいたりしているのだが、僕が高校生ながらにして放送作家を目指したいと思えた理由の一つに秋元康という人間がいるのである。

秋元さんの作るものにたくさんワクワクさせられた。秋元さんの作るものにはイタズラ心がある。田舎の高校生のイタズラ心を刺激するような人がこの世にはいて、そんな仕事があった。テレビの世界に入ってワクワクしたい……イタズラを仕掛けたいと思っていたのかもしれない。

そんな秋元さんと雑誌「ＡＥＲＡ」でガッツリと対談させていただくことになり、それがきっかけで一緒に本を出させていただけることになった。

こんな光栄なことはない。僕をこの仕事に導いてくれた犯人の一人と「天職」なんてタイトルで本を出せるのだから。

秋元さんとこの本を作るにあたり、とにかく、自分が今まで気になっていたことを聞いてみた。これは答え合わせである。僕が今までこの仕事で培《つちか》ってきた「思想」と秋元さんの「思想」の答え合わせだからだ。その答え合わせで大きな「〇《まる》」がもらえた部分で言うと、一番嬉しかったのは、好奇心についてだ。

僕がこの仕事をしていて、いちばん大切な能力は「好奇心」だと思っている。いろんな取材で「いろんなところにアンテナを張って情報を吸収しているんですね」とか言われるが、恥ずかしくてたまらない。アンテナを意識して張ってるつもりなんて全然ない。簡単な言葉で言うとミーハーなのだ。ミーハーという言葉はネガティブにとらえられることが多いが、この世界に入っていてミーハーをバカにするのはおかしいと思う。

要は、いろんなことを知りたくて知りたくて仕方ない。じゃあ、なんで知りたいのか？　自分の仕事のヒントにする？　確かにヒントにはなる。だけど、ヒントにしたくていろんなことを知りたいわけではない。

一つは、悔しがりたいのだ。「ちくしょー」と悔しがりたい。悔しいことで自分のスイッチを入れたい。自分の中でのガソリンを悔しさという炎で燃焼させたいのだ。

そして、もう一つ。

僕はなぜこの仕事をしているのだろう？という答えが何年も出なかった。

もちろん好きだからこの仕事をしている。だけど、それだけじゃない。秋元さんと対談している中でその答えが分かった。自分が得た感動を人に、誰かに話したくて、伝えたくて仕事しているのだと。自分が得た興奮、感動を誰かに話したい、伝えたくてこの仕事をしているのだと分かった。

秋元さんと、そこに大きな共通点があり、答え合わせに大きな〇がもらえた。

僕はいろんな仕事を引き受けてしまう。それだけでなく、いろんな人に興味がわいて、友達になってしまう。わずか三〇歳でホストクラブのオーナーとして全国規模で店を成功させている奴。元力士でいろんな傷を負ったけど、今新たな夢に向かってがんばっている奴。放送作家という仕事とは無縁なら無縁なほど興味を持ってしまう。時間を削って、そんな奴らと酒を飲み交わし、心を通わせあい、友となり、いろんなことを教えてもらい感動する。その感動を、自分の周りの人や、また、テレビを通して伝えたいからだ。

僕は今年四一歳。厄年である。一〇代の頃は、四〇代の奴なんて完全におっさんだと思っていた。だけど、今年もすでに四月の早い段階からショートパンツをはき、仕事してワクワクしている自分がいる。だけど、不安もある。というか、あった。自分が五〇歳になったらどうなるんだろう？

まだ仕事できているのかな？　仕事していられるのかな？

今回、秋元さんとこの本を作り、分かったことがある。好奇心を持ち続けて仕事をしていけば、ワクワクの五〇代が待っているということ。

そのためには、たくさんのものと、人と出会い、たくさんの興奮と感動を得て、人に伝え続けていこう。

なぜならそれが僕の仕事であり、この仕事こそが、僕の。
天職。

放送作家　鈴木おさむ

秋元　康　あきもと・やすし
1958年東京都生まれ。高校在学中より放送作家として活躍。「川の流れのように」など作詞家としてヒット曲多数。2008年に日本作詩大賞、12年に日本レコード大賞・作詩賞を受賞。13年にはアニー賞長編アニメ部門音楽賞を受賞。テレビ、映画、CMなど多岐にわたり活躍中。AKB48の総合プロデューサーとしても知られる。

鈴木おさむ　すずき・おさむ
1972年千葉県生まれ。大学在学中の19歳でデビュー。「SMAP×SMAP」「お試しかっ！」「ほこ×たて」など数々の人気番組の構成を手がける。主な著書に、『ブスの瞳に恋してる』『テレビのなみだ～仕事に悩めるあなたへの77話～』『芸人交換日記～イエローハーツの物語～』がある。

朝日新書
410
天職《てんしょく》

2013年6月30日第1刷発行

著　者　秋元　康
　　　　鈴木おさむ

発行者　市川裕一
カバーデザイン　アンスガー・フォルマー　田嶋佳子
印刷所　凸版印刷株式会社
発行所　朝日新聞出版
〒104-8011　東京都中央区築地5-3-2
電話　03-5541-8832（編集）
　　　03-5540-7793（販売）

Published in Japan by Asahi Shimbun Publications Inc.
ISBN 978-4-02-273510-2
定価はカバーに表示してあります。
落丁・乱丁の場合は弊社業務部（電話03-5540-7800）へご連絡ください。
送料弊社負担にてお取り替えいたします。